Tage, eintätowiert

Christina Udwari

TAGE, EINTÄTOWIERT

100 lyrische Nadelstichmotive, vom Leben geprägt

Engelsdorfer Verlag
2008

Bibliografische Information durch
die Deutsche Nationalbibliothek:
Die Deutsche Nationalbibliothek verzeichnet
diese Publikation in der Deutschen Nationalbibliografie;
detaillierte bibliografische Daten sind im Internet über
http://dnb.d-nb.de abrufbar.

ISBN 978-3-86703-367-1

Coverfoto: Michael Udwari
Hergestellt in Leipzig, Germany (EU)
www.engelsdorfer-verlag.de

9,95 Euro (D)

Es sind dies nur wenige Menschen,
die sich in mein Leben tätowiert haben.
Sie wissen, wie wichtig sie mir sind.
Ihnen danke ich, sie liebe ich. Von ganzem Herzen.
Und ihnen ist mein Buch gewidmet.

Christina Udwari

Inhalt

Tage eintätowiert
100 Verzierungen oder Brandzeichen

Helle Motive

Als 13
Dankbar 15
Die Ge-schichte 16
Die Winter-Aster 18
Einzigartig 22
Gebet und Antwort 23
Geteilte Freude 24
Hafen finden 25
Herr Großmann und Herr Kleinschmied 26
Hör mal zu 27
Mutmacherchen 29
Samen 32
Schwebflug 34
Schwimmer 36
Silvester 38
Streichelnder Morgen 39
Was sie mir sind 40
Zeit (I.) 42
Zeit (II.) 44
Zuversicht 46

Dunkle Motive

Abend 49
Die Früh-am-Morgen – Illusion 50
Es sprach 51
Gefangen 52
Kaputtes Herz 53
Kein Vergessen 54
Kopfwehgedicht 55
Sinnfragen 56
Soldat 57
Sturmwind 58
Sturzbäche 59
Tag im Januar 60
Träume 61
Türspalt 62
Unvollkommen 63
Vollmondnacht 64
Wenn Winter ist 65
Wer bin ich? 66

Lustig bunte Motive

An den Winter 69
Bin ich eine Kuh? 70
Der Fisch 72
Du bist so wunderbar 73
Flaschengeist und Zauberfee 74
Hör auf deine Körpersprache 75
Nikolaus und Christkind 76
Oberflächlichkeit 78
Osterweisheit 79
Stippvisite 80

Straßenfastnacht in der Pfalz ... 81
Wie dumm! ... 86
Wort-Scharaden ... 88

Unikate

Auszeit ... 91
Abreise ... 93
Achterbahntage ... 94
Am Meer ... 96
Augen-Blick ... 98
Bilderbogen ... 99
Brückenlichter ... 101
Das eine ist, das andere bleibt ... 103
Das Glück hat Flügel ... 104
Die kleine Geschichte vom Wannenbad ... 105
Etwas ... 109
Komm, lass uns ganz fest halten ... 110
Längst ... 112
Möhnesee, November 2005 ... 113
Sieg über die Zeit ... 114
Sonderfall ... 115
Tage, eintätowiert ... 116
Tagtraum ... 117
Traumgedicht ... 120
Versicherung ... 121
Wenn du gehst ... 122

Mit Liebe, Lust oder Schmerz gestochene oder eingebrannte Motive

Die 127
Die Lust 128
Einschlafgefühle 129
Federmagenstechen 130
Feld, Fluss, Liebe 131
Gewissheit 132
Glück, Ziel und Schmerz 133
Herzwurzeln 134
Im Bett 138
Kleines liebevolles Gedicht 138
Liebesdrama 139
Liebestod 140
Mit dir 141
Morgen nach dir 143
Nur schmiegen 144
Reisegedicht 145
Schicksal 146
Schwarzweiße Seele 147
Solches Begehren 148
Sonnenstrahl 149
Sternenklar 151
Unvergänglich 152
Verloren 153
Versinken 154
Wie schön! 155
Windstille 156
Winterliebe 158
Zwei Wünsche 159

Schlusswort 161

HELLE MOTIVE

Als ...

Als meine Gedanken
Schlösser bauten,
durch Wände drangen,
greifen lernten,
den Tod streiften,
das Leben umfassten,
wie Blumen aufblühten und verblassten,
den Mut des Windes begriffen,

als meine Gefühle
sich brachen wie Wellen,
wie Samen auf die Erde fielen,
den Herzensgittern entkamen,
mich erreichten,
mein Vertrauen fanden,
mir den Raum erhellten,
Windspiele zart zum Klingen brachten,

als meine Füße
gegen mich liefen,
den Boden flüchteten,
abseits der Wege sich mühten,
in Schuhen erlahmten,
den Sand zwischen den Zehen spürten,
blutend Spuren hinterließen,
über Feuer laufend heilten,

als meine Seele
den Körper nicht mehr verschmähte,
im Kirchenfenster hängen blieb,
in die Meute schrie,
in Bedrängnis geduldig beharrte,
im Nachtflug verirrt Fangarme erspürte,
zögernd ... sich fallen ließ,
sich dennoch nicht mehr auslieferte –

da verlor ich allen Halt
und gewann mein Leben.

Dankbar

Du hast mir Worte gegeben,
die Entfernungen aufheben.
Du hast Gedanken bemüht,
die eine lange Zeit erträglich machen.
Du hast dich geöffnet,
damit mich das Meine nicht so gefangen hält.
Du hütest Gefühle
so sorgsam, als wären es deine ...
Trägst Schmerz mit,
willst es kaum merken lassen.
Nur manchmal wird es spürbar.
Wenn du um dich schlägst –
um dein und mein Leid zu verjagen.
Ich verstehe dich. Erkenne dich.
Dankbar, dich zu haben.

Die Ge-schichte

Gezeugt
Geboren
Geschrieen
Gefüttert
Geschlafen
Gediehen
Gelacht
Geweint
Gelaufen
Gesprochen
Gesungen
Gelernt
Gerauft
Gesucht
Gefunden
G e l i e b t
Gebunden
Gezeugt
Geirrt
Gegangen
Gearbeitet
Gekämpft
Gezweifelt
Gefragt
Geantwortet
Gelitten
Gesiegt
Gefreut
Gehalten
Geteilt
Geurteilt
Gehadert
Gebrochen

Gereift
Gealtert
Geholfen
Getragen
Gekränkelt
Geschmerzt
Geheilt
Gestaunt
Gesehen
Gelassen
Geduldig
Gebrechlich
Gemeistert
Gestorben

Gelebt

Die Winter-Aster

Als der Herbst sich viele Tage lang überschätzte und sich anmaßte, auch noch die Eigenschaften des Sommers für sich in Anspruch nehmen zu können, da kam in einem Beet zwischen vielen bunten Astern noch einmal eine neue kleine Aster zur Welt. Sie blinzelte, über sich selbst verwundert, in das eigentlich viel zu starke Sonnenlicht und beschloss, sich einen kräftigen Stängel zuzulegen, auf dem sie dann, etwas verspätet, doch ganz fest stehen wollte.

Nach einigen Tagen war sie genauso herangewachsen wie ihre älteren Schwestern und stand mitten unter ihnen, als wäre sie nie zu spät gekommen. Sie wurde eine weiße Aster, plusterte sich auf und versammelte in schönster Dichte so viele langzüngige Blütenblätter wie nur möglich. In ihrer strahlenförmigen Anordnung wetteiferten sie nun mit der Sonne, die ihnen ihre Schönheit angedeihen ließ.

Als ihre Schwestern schon müde wurden und fast schon ihre Kraft verwachsen hatten, da stand sie in ihrer Mitte und ragte als Lebendigste unter ihnen heraus.

Hingebungsvoll wiegte sie sich im Wind, genoss sein Streicheln und ließ sich auch von den unvermeidlich folgenden Herbststürmen nicht zerzausen. Der wilde Herbstregen, der den schönen Tagen folgte, setzte ihrer Familie zu, ihre Schwestern stöhnten unter dem viel zu heftig prasselnden Wasser. Die späte Blume aber trank gierig von dem Himmelsnass, ließ sich blank putzen und stellte sich willensstark ihren ungewöhnlichen Herausforderungen. Schließlich war sie in diese Lage geboren worden und wollte das Beste daraus machen, eine „verirrte" Blume zu sein.

Als es November wurde, wussten die Astern, dass ihre Zeit nun sehr bald vorbei sein würde. Sie hatten einen herrlichen Herbst genossen und sie wehrten sich nicht dagegen, dass sie nicht ewig bleiben konnten. Nach und nach beugten sie sich ihrer Zeit, verblassten, welkten, ließen ihre Blüten langsam zu Boden fallen und neigten sich Mutter Erde zu. Die würde sie sicher aufnehmen, darauf konnten sie vertrauen.
Eines Tages lagen sie alle flach auf dem Boden und rührten sich nicht mehr.
Nur die Aster, die zuletzt gekommen war, hatte immer noch Lebenskraft. Sie fühlte sich ein wenig traurig und einsam, als sie so alleine da stand, aber sie spürte auch immer noch Lebenswillen und Neugier. Bedauernd merkte sie mit jedem Tag, dass sie eigentlich zu spät dran war, denn die Sonne ließ sich kaum noch blicken und so wurden die weißen Blütenblätter der Aster langsam fahl. Oft konnte sie nicht mehr über das Beet hinwegsehen, weil beständiger Nebel sie einhüllte. Ihr Stängel wurde immer weicher, weil er dem fortgeschrittenen Herbst auf nasskalten Wurzeln nur mehr schlecht Stand halten konnte. Nachts war es bitterkalt. Morgens hatte sie oft einen Mantel aus Raureif an, aber der half nicht viel, sie fühlte sich schon sehr schwach.
In den endlos trüben Tagen verlor die Aster ihren Mut. Was würde als nächstes kommen? Was konnte sie von einer Zeit erwarten, die so zunehmend kalt wurde und die sich nicht um ihre Bedürfnisse scherte, weil sie gar nicht in diese passte? Niemand kam mehr vorbei, um sie zu bestaunen und sich an ihrem späten Anblick zu erfreuen. Sie ahnte, dass ihre Zeit bald vorbei sein - aber nicht, in welcher Weise sie zu Boden gehen würde.

Dann geschahen Dinge, die die kleine Aster noch nicht erlebt hatte.

Ohne Vorwarnung fielen plötzlich kleine weiße Teilchen vom Himmel.
Erst dachte die Aster, das seien vielleicht Blütenblätter von entfernten Verwandten, die sie da besuchten. Aber als sie näher kamen, spürte die Aster, dass sie eiskalt waren – erst recht, als die Kristalle sich auf sie legten. Sie schmolzen nach kurzer Zeit und rannen kitzelnd an ihr herunter. Die Aster begann das zauberhafte Spiel zu lieben. Es fielen immer mehr dieser Flocken vom Himmel, die sich wie bei einem vergnügten Tanz durch die Luft drehten. Sie waren schön weiß, so wie sie, und die Aster fiel gar nicht mehr auf in ihrer Umgebung, passte mit einem Mal in dieses Bild. Sie bestaunte ganz gebannt das heftige Gestöber, bis keine neuen Flöckchen mehr herab kamen und die Sonne wieder aus den Wolken trat. Die Strahlen waren nicht mehr warm, nein, aber sie brachten die Flaumdecke mit ihrem hellen Leuchten zu einem herrlichen Glitzern. Der Boden funkelte und glänzte und die feinen Eiskristalle hatten darauf eine dichte weiße Fläche gebildet, so dass es aussah, als ob Hunderte von Blütenblättern um sie herum lägen. Die Aster konnte sich gar nicht satt sehen, wie sie so da stand, mit all dem weichen Weiß, das ihr zu Füßen lag. Und sie ragte mit ihrem weißen Köpfchen über alles hinaus wie eine Prinzessin auf Zeit.

Die Dämmerung kam und ihr folgte eine sternenklare, frostige Nacht. Als der Mond am Himmel erschien und sein Nachtlicht zur Erde schickte, wurde die Aster vor Bewunderung ganz starr. Auch in seinem Schein erstrahlte alles in schneeweißer Helligkeit. Die Aster stand in einem watteweichen Glanzteppich, der die Dunkelheit in eine Schimmerzeit verzauberte.

Nur mehr hin und wieder schwebten noch ein paar einzelne Flocken in zarter Anmut zur Erde. Angestrengt, auch noch die letzte von ihnen sehen zu wollen, wurde die Aster ganz benommen.
Sie nahm sich selbst nicht mehr wahr, vergaß vollkommen, dass sie fror und durchnässt war – und sie spürte keinen Schmerz mehr. Das Blümchen im Schnee fühlte sich so dankbar und empfand ganz tief, dass sich ihr ganzes seltsames Dasein allein für diesen Moment gelohnt und erfüllt hatte. Dies hier zu sehen, zu spüren und erfahren zu dürfen, war alles wert gewesen und überwog alles, was ihr sonst je geschehen war. Die kurze Zeit dieses Erlebens hob alle Entbehrungen und Widrigkeiten ihrer Geschichte auf.
Überwältigt von ihren intensiven Empfindungen, davon getragen und darin eingebettet, erfasste das Glück sie ganz und gar und ihr schwanden die Sinne.

Als eine Zeit vergangen war, verwehten die Winterwinde den Schnee und legten die Erde wieder frei.
Da lag sie, die Aster, ganz ausgestreckt in ihrem Beet. Auf ihren gefrorenen weißen Blütenblättern glitzerten Tropfen wie Perlen eines kostbaren Diadems. Ein frühes Kraut hatte sich als grüne Schärpe schützend und wärmend über ihren Körper gelegt.
Ein paar vorwitzige Krokusse streckten ihre gelben Köpfe aus dem Erdreich neben ihr empor. Sie begrüßten den Frühling.

Einzigartig –

der Duft des Rosengartens
die Melodie eines Liedes
das Gefühl auf gestreichelter Haut
ansteckendes Kinderlachen
die sternenklare Nacht
jedes Wiedersehen, jeder Abschied
der Geschmack von frischem Brot
ein Bild, ein Gedicht.

manchmal
aber nur manchmal
der Mensch, in der Regel gewöhnlich,
nur als einer unter vielen
in seiner Dummheit und Kleinsicht
in Ignoranz und Intoleranz
seine Schwächen und Begrenztheit
nicht sein Massendasein.

bleibt die Fähigkeit und
sein Bemühen,
seine Fantasie und
die Wahrnehmung,
seine Einfühlsamkeit.

Gebet und Antwort

Lieber Gott, oh gib mir doch die Reife,
dass ich mich nie mehr im Ton vergreife.
Gib mir Weisheit, alles klar zu sehen
und über nichts mehr hinweg zu gehen.
Lass mich entscheiden ohne Kalküle,
mich nicht zermahlen in der Lebensmühle.
Und lass mich denken – sogar mit Verstand,
in meinem oft unverständlichen Land.
Reich rüber mir Weisheit, mit vollen Händen.
Kannst ruhig eine Menge an mich verschwenden.
Erhalt mich doch bitte ganz unverletzt,
denn du hast mich doch auf die Erde gesetzt.
Und kümmer´ du dich doch um meine Lieben.
Mich hat das schon viel zu oft aufgerieben.
Vergiss bei mir nur nicht den reichsten Segen.
Mach mich großartig, lass mich die Welt bewegen.
Ich lege doch alles in deine Hände,
damit gegen mich sich nichts Böses wende.

Was sagst du?? Ich muss das alleine erwerben –
sonst werde ich unnütz und dumm einmal sterben?!

Na dann ... lieber Gott ... hab ich dich endlich begriffen.
Meine Aufgabe ist, wonach bei dir ich gepfiffen.
Tief senk ich den Kopf und bin wieder ganz klein,
will versuchen, *selbst* ein guter Mensch zu sein.

Geteilte Freude

Weißt du, wie es mit Freude ist?
Sie krabbelt dir erst in die Beine.
Und wenn du schon recht kribbelig bist,
dann kommt noch, was ich jetzt meine:

Sie drängt sich in die Magengrube
und flattert dort wild hin und her.
Dann quetscht sie sich in die Atemstube
und macht es den Lungen richtig schwer.

Und kurz vor Schluss, da rast sie noch
bis in den Kopf, nimmt dir die Sinne,
reißt einfach dir die Arme hoch
– in denen ich mich wiederfinde.

Hafen finden

Es fuhr ein Schiff aufs Meer hinaus,
weil es das gerade musste.
Doch eigentlich war´s ihm ein Graus,
das stete Windgepuste.

So schob es durch die Wogen sich,
erschreckte Fisch und Meergetier.
Der Wind wild durch die Segel strich,
mal heult er dort, mal zerrt er hier.

Viel lieber läg´ das Schiff im Hafen
und träumte dort im Sonnenschein.
Nicht Sturm und Woge! Nur mal schlafen...
So schipperte es endlich heim.

Vor Anker wurd´ es blank geputzt,
das war so schön wie streicheln.
Es hat den Meeren doch getrotzt. –
Ich möcht´ dem Schiffe gleichen.

Herr Großmann und Herr Kleinschmied

Herr Großmann war sehr lebensfroh
und machte viele Reisen.
Die Gattin war es ebenso
und schaute nie nach Preisen.
Das Haus pompös, das Auto fein,
die Jacht, sie lag im Hafen.
Die Freunde luden gern sich ein,
sie wollten nichts verschlafen.
Herr Großmann war Finanzjongleur –
in Schulden landete sein Traum.
Und keiner sah mehr sein Malheur,
als er da hing, an einem Baum.

Herr Kleinschmied hatte wenig Geld,
die Frau war längst verschwunden.
Er pfiff auf diese schnöde Welt
und war ihr doch verbunden.
Er kaufte sich ein Katzentier,
das ihm die Füße wärmte
und war mal dort und war mal hier,
wo er von Menschen lernte.
Der Abend kam, die Nacht war kalt,
Herr Kleinschmied Tee sich kochte.
War nicht allein und wurde alt,
weil eine Frau die Katze mochte.

Hör mal zu

Die vier Wände sind grau,
die vier Wände sind kalt.
Du selbst fühlst dich rau
und du fühlst dich auch alt.
Du siehst keine Richtung,
willst sie auch nicht mehr,
so scheint alles trüb
und du fühlst dich so leer.

Schau mal an die Decke.
Die Decke ist hell.
Dann schau aus dem Fenster.
Ein Stern ist zur Stell´.
Es ist anders als früher.
Und es fehlt dir auch viel.
Aber spüre mal in dich,
halte einfach mal still.

Lass die Stimme dir sprechen,
die von innen kommt.
Und lässt du es zu,
sagt sie dir auch prompt:
Zwar ist es nur spärlich,
was zum Festhalten blieb,
doch es lohnt durchzuhalten,
weil´s das immer noch gibt.

So heb den Kopf schön nach oben,
das macht Kummerfalten glatt.
Schau mit Lächeln auf die Dinge,
weil wohl alles Sinn hat.
Wie du zweifelst und verzweifelst
– so ergeht es nicht nur dir.
Es ist wichtig, dass du da bist –
ach bitte, glaube mir!

Bleibe standhaft in deinen Tagen
und glaube noch an dich.
Es wird Sorg´ um dich getragen.
Zweifelst du? – Dann frag mich.
Wie viel Wärme, wie viel Nähe,
bekommst du doch, von Zeit zu Zeit!
Dafür lohnt es sich zu leben
und dafür ist kein Weg zu weit.

Mutmacherchen

Irgendwo zwischen deinem siebten und achten Wirbel dürfte es wohl wohnen – dein Mutmacherchen. Es ist winzig klein, man kann es nicht sehen. Meist ist es so klein wie dein Mut...
Aber es kann sich gut bewegen. Es springt wie ein Floh, weiß immer, wo die richtige Stelle für es ist. Selbst in einer kaputten Wirbelsäule sitzt es ganz sicher.

Manchmal ist dein Mut so klein, dass er für dich gar nicht mehr da ist.
Man fühlt sich bekanntlich ganz schrecklich dabei. Und es türmen sich Sachen vor einem auf, von denen man nicht weiß, wie man sie bewältigen soll.
Das ist der richtige Moment für dein Mutmacherchen. Auf es ist Verlass.
Es zwickt dich zum Beispiel in solchen Fällen da hinten zwischen den Wirbeln ganz fürchterlich – so, dass du in die Höhe fährst – und plötzlich wieder Rückgrat zeigst. Es weiß, wenn du gerade stehst, siehst du den Dingen besser entgegen, die da auf dich zukommen. Und es geschieht oft, dass du dich dann sicherer fühlst.

Je nach Lage der Dinge hüpft dein Mutmacherchen auch ohne zu zögern einfach in dein Ohr. Erst stört es dich da, es juckt und zuckt, du versuchst es mit dem kleinen Finger zu verscheuchen, weil du es nicht verstehst. Ab und zu hältst du dir die Ohren zu, weil du glaubst, es sei dann weg. Irgendwann merkst du, dass es tief in deinem Ohr sitzt und dir etwas sagen möchte. Du hältst inne, wirst möglichst still, weil du es hören willst. Und tatsächlich: Es gelingt ihm recht häufig, dir etwas Mut einzuflüstern.

Es lebt gerne bei dir und hat den unbändigen Willen, dir eben im richtigen Augenblick etwas Mut zu machen.
Wenn es so gar nicht auf sich aufmerksam machen kann, weil du verschlossen bist oder niedergeschlagen oder ängstlich, dann scheut es auch keinesfalls davor zurück, einmal ein anderes Rückgrat zu benutzen. Es wartet dabei nur auf die Gelegenheit, bis einer deiner Mitmenschen eine solche Nähe zu dir hat, dass es da einfach aufspringen kann. Es hüpft nun auf diesem Gastrücken hin und her, kitzelt ihn, macht ihn ganz kribbelig mutig, bis er gerade genug davon hat, dass er dir auch noch ein bisschen abgeben kann.
Oft ist es so, dass dieser andere Mensch auch nur schwach und feige ist.
Das macht aber nichts: Seine Nähe zu dir und sein doppeltes Mutmacherchen machen es möglich, dass du dich gestärkt fühlst.
Du wirst kein Held werden, nein. Erwarte nicht zu viel von deinem Mutmacherchen. Es ist nur einfach da, wenn du es ganz dringend brauchen solltest. Deshalb springt es auch immer wieder auf dich zurück.

Das Problem ist, dass du es zu wenig bemerkst.
Du könntest es fühlen, aber Schmerzen spürst du eben mehr.
Du könntest es hören, aber die Angst ist nun einmal lauter.

Deshalb wollte ich dir nur einmal sagen, dass dein Mutmacherchen da ist.
Am deutlichsten hast du es eigentlich bemerkt, wenn *du* einmal jemandem Mut gemacht hast. Daran kannst du deine und seine Fähigkeiten ermessen.

Zuletzt, wenn es ganz schlimm kommt, springt dir das Mutmacherchen ganz tief in den Schlund. Ja, du verschluckst es förmlich. Denn es kämpft dort gegen den Kloß in deinem Hals, versucht dir wieder Luft zu verschaffen. Wenn es vorbei ist, rutscht es erleichtert durch dich und kommt an deinem anderen Ende wieder heraus ... Du sagst dann meist, dir wäre wohl das Herz in die Hose gerutscht. Aber in Wahrheit will dein Mutmacherchen auf diesem Weg wieder zu seinem Platz zurückkehren.
Und darauf warten, wann es dich wieder ins Rückgrat zwicken muss ...

Ich wünsche dir, dass es dich ganz fürchterlich im Rückgrat zwickt.
Dass dir die Ohren sausen, du dich schütteln und ins Gleichgewicht bringen musst. Dass du jemand bemerkst, der dir ganz nah steht und dir was geben kann. Und dass du den Kloß spürst, der langsam deinen Hals verlässt. Sodass du einmal frei durchatmen kannst, dein Herz wieder aus der Hose nehmen und sagen:
Ich komme ganz gewiss in kleinen Schritten weiter,
denn ich
habe
ein Mutmacherchen.

Samen

Die Seltsamen,
Wundersamen,
Gemeinsamen,
die Achtsamen,
Sorgsamen,
Heilsamen,
die Bedeutsamen,
Behutsamen,
Duldsamen,
die Mühsamen,
Arbeitssamen
und Erholsamen.

Wie gut, dass all diese Samen
zu uns auf die Erde hier kamen.
Sie pflanzen ihre Eigenschaft fort
und ich suche sie weiter, Wort für Wort.

Die Unbeugsamen,
Strebsamen,
Aufmerksamen,
die Langsamen,
Schmiegsamen,
Biegsamen,
die Empfindsamen,
Furchtsamen,
Schweigsamen,
die Beredsamen,
Gleichsamen
und Unliebsamen.

Was wären wir ohne die Samen?
Ein jeder steht in seinem Rahmen.
Tot wäre schon jegliches Leben,
würde es diese Samen nicht geben.

Die Einfühlsamen

sind die kostbarste Saat,
wohl dem, der nur einen fand.
Wer ihn zu seiner Seele bat,
hält den Samen der Liebe in der Hand.

--- Schwebflug ---

Gedankenflug

Verwirrt sein. Desillusioniert sein.
- Illusionen sind nicht angebracht.

Träumer?
Lebenslang!
- Nicht hergeben, die Träume.

Auf etwas stehen, das keinen Boden hat? Ins Endlose fallen?
- Ja. Leben aushalten. Nicht aufhalten.

Aus Traumquellen Realität filtern.
Die Fähigkeit entnehmen mit Geliebtem umzugehen.
Nichts vorgeben. Kein Übermensch sein wollen.
Jedoch nicht kriechen. Aufrecht bleiben.

Na ja. Was heißt das schon?
- Vielleicht, im wahren Moment mal nicht laut, sondern still sein zu können.

Lieben.
Das ist alles. Das ist gut.
Unantastbares Glück.

Schwebflug

Am Fenster flog gerade ganz ruhig und sachte ein Vogel vorbei.
Im Vorbeischweben drehte er sein Köpfchen zur Scheibe. Er blickte durch ...

- Das schaffst du schon noch in den nächsten fünfundzwanzig Jahren. Wenn du nicht morgen tot umfällst. Das könnte nämlich auch sein. Setze deine Wichtigkeiten und Unzulänglichkeiten in Relation damit. Komm wieder runter, hör auf so wild mit den Flügeln zu schlagen. Setze zum Schwebflug an. Ich bin nur ein Vogel. Und du nur ein Mensch.

Mit welcher Schwerelosigkeit ein Vogel doch etwas vorschwebt.

Aufrüttelnd.

Mal rütteln.

Der Stuhl wackelt gar nicht, dabei.

Schwimmer

Brustschwimmer.
Immer den Kopf oben.
Heranspritzendes Wasser prallt ab.
Arme und Beine rudern.
Treiben verlässlich gleichtönig an.

Rückenschwimmer.
Kommt vorwärts ohne hinzuschauen.
Lässt das Wasser an sich ablaufen.
Den Blick ins Nichts gerichtet.
Will nicht wissen, was kommt.

Taucher.
Atemberaubt Tiefe suchend.
Schwerelos verloren in der Faszination.
Jede Sicherheit verlassend.
Wissend, auftauchen zu müssen.

Krauler.
Wild um sich schlagend.
Schnell unterwegs, ohne links und rechts.
Nur flüchtig sehend.
Angestrengt auf irgendein Ziel gerichtet.

Treiber.
Bewegungslos der Wonne erliegend.
Ohne Antrieb auf den Moment beschränkt.
Spürt nur sich selbst.
Zeit und Raum vergessend.

Nichtschwimmer.
Verzweifelt zappelnd.
Muss schlucken was da tobt.
Geht unter in Bedeutungslosigkeit.
Verliert sich ins Bodenlose.

Schwimmer?
Alle Disziplinen versucht?
Welche gewählt?
Eine passt immer,
kleiner Mensch.

Silvester

Silvesternächte ...
Leuchtfeuergefechte.
Alle Farben fliegen dem Himmel zu.
Doch sie verpuffen mit lautem Knallen.
Nur Rauch bleibt nach verglühtem Verhallen.

Silvesterträume ...
da steh´n sie wie Bäume.
Schemenhaft erstarrt in eisiger Luft.
Wer kann heut´ Nacht schon sehen,
ob sie morgen noch stehen.

Silvestergelächter ...
der Sekt war schon schlechter.
Macht blasse Gesichter schön rosig.
Wer weiß, ob der Freund dieser Nacht
auch morgen noch mit dir lacht.

Silvesterentschlüsse ...
nicht mehr als Bleigüsse.
Konkrete Formen, schon bald vergessen.
Der helle Tag im neuen Jahr
zeigt wieder jedes graue Haar.

Silvestergedanken ...
sie bleiben. Und ranken
sich um das, was im Herzen getragen.
Sie halten fest, was gehalten werden will.
Und aller Silvesterlärm ist plötzlich still.

Streichelnder Morgen

Das Fenster auf – und weit gestreckt,
gegähnt und in die Höh´ gereckt.
Die Sonne kitzelt mir die Nase,
durchs Gras rennt ganz erschreckt ein Hase.
Der Vogelmann bläht seine Kehle,
dass ihm ja keiner Töne stehle.
Tau glitzert an den Rosenköpfen.
Die Raupe nascht an allen Töpfen.

Ich blinz´le in den hellen Tag
– und ob den Morgen ich nicht mag –
er spielt mir doch und immer wieder
– wenn ich nur höre – seine Lieder.
Seh´ mich mit off´nen Augen steh´n,
kann seine bunten Bilder seh´n
und hören, voller Poesie:
„Verzagter Mensch, vergiss mich nie!"

Was sie mir sind

Meist sind sie klein.
Unbedeutend nur.
Sie bewegen zu wenig.
Und verlieren sich in Alltäglichkeit.
Viel zu oft drehen sie sich im Kreis.
Höchstens zur Hälfte werden sie laut.
Oft versuche ich, sie zu ordnen.
Es gelingt zu selten.
Ich verirre mich mit ihnen.
Denn sie sind so frei.
Sie geben mir keine Sicherheit
über richtig oder falsch.
Oft verabscheue ich sie.
Dränge sie weg.
Sie kehren wieder und quälen mich.
Manchmal wünschte ich, ich hätte keine.

Aber dann
festigen sie mich.
Ich darf sie austauschen.
Auch mit anderen.
Dadurch gewinnen sie an Größe.
Sie kommen daher mit Flügeln.
Tragen mich.
Schenken mir die schönsten Wachträume.
Ohne sie wäre ich nichts.
Sie befähigen mich zu grenzenloser Fantasie.
Und stoßen mich zu Boden.
Irgendwann fasse ich dort mit ihnen Tritt.
Verzweiflung und Dankbarkeit
empfinde ich für sie.
Denn ich wäre nicht ich – ohne
meine Gedanken.

Z e i t (I.)

„Ich vergehe!“
klagt die Zeit,
„ob ihr mich nutzt oder nicht.“

„Ja“, sagt der Morgen, „setz dich ein wenig zu mir,
ich koche Kaffee und lese dir aus der Zeitung vor,
was die mit dir so anstellen ...“

„Ich muss so viel arbeiten“, bedauert der Vormittag.
„Wenn ich nicht gerade einen freien Tag habe,
nehme ich dich leider gar nicht wahr.“

„Komm her“, lächelt der Mittag, „ich habe Hunger.
Und mit dir kann ich mein Essen genießen.“

„Verflixt!“, ärgert sich der Nachmittag,
„ich renne immer hinter dir her, mit allen Erledigungen.
Dabei würde ich so gerne mit dir auskommen.“

„Ich möchte dich einladen“, winkt der Abend,
„mit mir alles das zu teilen, was ich wirklich gerne tue.
Ich möchte mit dir entspannen.“

Lustvoll funkeln die Augen der Nacht:
„Ich liebe dich. Ich brauche dich.
Im Schlaf schmiege ich mich an dich.
Und meine berauschendsten Stunden habe ich mit dir verbracht.“

„Niemand von uns“, sagt der Tag,
„kann verhindern, dass du vergehst.
Du bist einmalig.“

Z e i t (II.)

„Ich vergehe!“
klagt die Zeit,
„ob ihr mich nutzt oder nicht.“

Da hüpft die Kindheit herbei und ruft übermütig:
„Ich spiele mit dir!
Du bist der beste Freund an meiner Seite.
Nie mehr hab ich mehr von dir als jetzt.“

„Ich würde dich am liebsten aus den Angeln reißen!“
tönt die Jugend. „Mal bist du viel zu langsam
und mal stopfe ich mein ganzes Ungestüm in dich.“

„Irgendwie rinnst du uns durch die Finger“,
stellen die Erwachsenen und die Arbeitenden fast
gleichzeitig fest,
„dann trampeln wir dich nieder, weil wir zeitblind sind.“

Seufzend kommt das Alter.
„Mit dem Stock möchte ich dich vertreiben!“, murrt es.
„Aber gut. Ich schließe Frieden mit dir.
Und ich beute dich so fröhlich aus, wie ich kann.“

„Bei mir hört das auf, du liebe Zeit“,
raunt der Tod kurz und knapp.
Und geheimnisvoll:
„... Ich kenne dich in anderen Dimensionen.“

„Ich kenne dich gar nicht“,
erklingt die glockenhelle Stimme der Liebe.
Sie spricht ohne Arroganz, voll zärtlicher Stärke.
„Du bist kein Maß für mich. Wenn ich will, kann ich
dich endlos überdauern.“

„Niemand von uns“, sagt das Leben,
„kann verhindern, dass du vergehst.
Du bist einmalig.“

Zuversicht

Du kannst im Wasser schnell ertrinken
und selbst im Wüstensand versinken.
Die Feuersbrunst kann dich verheeren
und Schmerzen kannst du nicht abwehren –

doch auch Blühen nicht verhindern,
das Lachen nicht – nicht das von Kindern.
Steine kannst du nicht zerreiben,
Sterne nicht vom Himmel treiben.

DUNKLE MOTIVE

Abend

Schleierwolken versammeln sich zur Dämmerung.
Bäume gähnen, sonst regungslos.
Häuser igeln sich ein.
Wenige Menschen gehen noch,
stellen den Kragen hoch.
Ein Auto seufzt in der Garage.

Die Fliegen haben ihr Brummen eingestellt.
Still beugt sich der Tag der Dunkelheit.
Ein Vogel wehrt sich,
piept noch einmal in die Einsamkeit.
Stimmen und Schritte
geben dem Abend leises Leben.
Nur ein Hund schert sich nicht
um die anbrechende Nacht.

Glücklich, wen hinter der Tür
eine Hand hält.
Denn die Wärme geht.
Ohne Antwort darauf,
ob es ein Morgen geben wird.

Die Früh-am-Morgen – Illusion

Aufgewacht ...

Mir steht der Sinn
nach irgendwohin.
Dorthin will ich geh´n!
Dann werden wir seh´n.
Das macht mich sehr froh,
denn ich bin halt so.

Die Wahrheit ist –
viel größ´rer Mist:
Die Tür sperrt und hält mich auf –
und ich pfeife wieder mal drauf.
Seh´ mir mein Spiegelbild an,
damit ich mich auslachen kann.

Es sprach

der Lahme zum Blinden:
„Gottlob, ich kann sehen!“
Der Taube sagte zum Schwachsinnigen:
„Ich bin dankbar zu denken!“
Froh sagte der Blinde dem Tauben:
„Ich höre Symphonien!“
Und der Schwachsinnige lallte dem Lahmen:
„Ich laufe und freue mich!“

„Jeder von euch hat Recht“, sagte die letzte Stimme.
„Durch Entbehrung habt ihr Glück gelernt.
Ihr seid außergewöhnlich, jedes Sein habt ihr erkannt.
Erkennt auch meines, damit ich bei euch bleiben kann.
Denn ich verliere, was ihr doch habt.
Und ich will mit euch sein, auch wenn ich ihn geben muss –
meinen Körper“,
sprach der Sterbende.

Gefangen

Käseglockengedanken
Zentralverriegelte Worte
Käfigstimme
Gefesselte Traurigkeit
Bremspedalstimmung
Stacheldrahtblicke
Fliegengitterträume
Regenvorhangstränen
Zeitbombenempfindungen
Leben im Einmachglas

Magenflatternde Schmetterlinge
Leise Melodie hinterm Vorhängeschloss
Watteverpackte Gefühle
Sanduhrwarten
Ausbruchsgefährdete Wahrheiten
Herzenshitze im Tresor
Seele am Staudammende
Im Kettenhemd wartende Küsse
Gepanzertes Hinatmen
Zielscheibe hinter Glas

Noch

Kaputtes Herz

Liegst auf dem Boden und zuckst,
in deiner Brühe aus vergorenen Träumen.
Die Seele baumelt daneben im Wind,
verraten und verkauft.
Falsch Gemachtes und anders Geglaubtes
pendelt kraftlos dazwischen hin und her.
So klebrig die Vergangenheit.
So glitschig die Zukunft.

Der Blick streift Veränderung.
Schwach winkt die Zuversicht.
Vernichtete Hoffnungen liegen brach.
– Doch sie sind noch nicht verdorben.
Sie sind es, die noch pochen.

Atme durch, Seele.
Steh auf, kaputtes Herz.
Sammelt ein, was übrig ist
und setzt es zusammen.
Es wird sich wieder binden.
Und aus bitterem Brei entsteht neue Essenz.
Erstarktes, Kraftvolles, Gutes.
Wieder und wieder.
Gib niemals auf.

Kein Vergessen

Gedanken zerhackt,
bis keiner mehr zuckt.
Erinnerungen gewürgt,
bis der Atem ausgeht.
Gefühle erstochen,
bis das Herzblut tropft.
Erlebtes geschlagen,
bis die Seele tränt.

Auf dem Boden
ein Mosaik aus Gedankenstücken;
Erinnerungen, die noch atmen;
Gefühle, die noch pulsen;
Erlebtes, das tränenschimmernd lächelt.

Aufheben.
Bewahren.
Es gibt kein Vergessen.

Kopfwehgedicht

Mein Kopf, der tut mir heut so weh –
was ist in ihn gefahren?
Es klopft bis in den kleinen Zeh
und ziept noch in den Haaren.

Vielleicht ist ja zu viel da drin,
ich sollte mich mal schütteln.
Manchmal kriegt man nur Ordnung hin
durch Aufruhr und durch Rütteln.

Wird dieser Schmerz vergangen sein,
trag ich den Kopf erhoben.
Und oft muss auch Geduld nur sein,
wenn Dinge sich verschoben ...

Sinnfragen

Da war ein Haus,
gebaut aus Plänen.
Da war ein Garten,
mit Blick aufs Ziel.
Da waren Kinder,
mit gewachsnem Lachen.
Da war die Sonne,
die nicht vom Himmel fiel.

Es kam Verfall,
und er war schleichend.
Es kam ein Regen,
das Dach noch wehrt.
Es kam ein Beben,
man nennt es Schicksal.
Es kam eine Zeit,
da war alles zerstört.

Das Haus zerfiel
und der Garten verwelkte.
Kinder lachten erwachsen,
die Sonne stand tief.
– Nein, nichts war vergebens!
Es sind die Wege des Lebens.
Doch die Seele kann schweben
und sie wird überleben!

„Warum?“ – ist verboten,
ist nicht auszuloten.
Und es gibt keine Schuld.
Einzig Mut und Geduld.

Soldat

Angst kriecht um mich,
liegt mit mir im Graben.
Leuchtfeuer schießt in die Dunkelheit.
Ich liege auf dem Boden
und es wird zerreißen.
Um mich ist Krieg.
Gewehrfeuer. Granaten.
Ich bin hilflos
und gedankenleer.
Ich möchte flüchten
und höre meine Mutter zu mir sprechen
„Mein Junge, überlebe!“

Sturmwind

Gewaltvollem Brausen ausgeliefert
in wehrlosem Warten.
Wer wird Stand halten,
wer wird umknicken,
was wird Schaden nehmen?
Alles muss sich beugen,
kommt die höhere Macht.
Aufheulend zeigt sich Unbedeutsamkeit.

Kein Boden mehr stabil,
kein Baum mehr sicher.
Alles Leichte nimmt der Sturm.
Unhaltbar fliegend wirbelt es davon,
als hätte es keiner halten wollen.
Aufbäumen – dagegen stemmen!
Doch alle Kraft ist zu klein
gegen größere Macht.

Immer wieder
Sturm im Leben.
Fest verwachsene Blätter werden abgerissen,
lassen Wunden am gebrochenen Astwerk.
Selbst der Stamm kann fallen,
bleibt entwurzelt liegen.
Und der Wind der Zeit
bläst einfach darüber.

Sturzbäche

Sturzbäche fallen tosend hinab,
rauschen ohrenbetäubend im Kopf.
Sprühnebel bleibt,
die Wasserwucht nicht.
Mit Gischt streift sie stechend das Herz,
stürzt mit Macht in die Magengrube.
Die Beine, erschüttert von dieser Gewalt,
versuchen sich aufrecht zu halten.
Im kalten Brausen steh´n die Füße wie starr
und frieren am Zielpunkt des Wassers.
Fest krallen die Zehen im Boden sich ein,
halten fest, in einem gurgelnden Rausch.

Nichts vergessen.
Und lieben.
Standhaft sein.
Auch in Angst, Not und Sorge bestehen.
Verzweiflung und Hoffnung
in wilden Strudeln vermengt.

Leben
mit den Urgewalten von Gefühlen.
Im Sturzbach bebender Felsen.
Mensch.

Tag im Januar

Hoher Nebel
lässt keinen Himmel zu.
Kahle Wege
führen ins Nichts.
Unnahbare Häuser
wehren mit kalten Mauern ab.
Keine Berührung, keine Nähe,
kein Geräusch, kein Gefühl
kann mehr leben.

Aus ziellos irrenden Schuhen
steigt Schmerzfrost auf.
Lähmt die Beine,
umschließt den Bauch,
umfasst das Herz,
drosselt den Hals.

Das Gesicht
eine Maske,
die weißen Hauch ausströmt.
Blasse Haut
verzehrt sich nach Wärme.
Tränende Augen
leben
mit dem inneren Blick
auf die letzte Erinnerung
des einmal gehabten
Sonnengefühls.

Träume

Ein dicker bunter Luftballon –
den trägt gerad´ der Wind davon.
So prall gefüllt mit meinen Träumen.

Wie bald verhängt er sich in Bäumen?
Wo wird er straucheln, sich verhängen?
Kann er sich durch die Kronen drängen?

Wenn Träume festgehalten sind,
bewegt kein Hauch sie mehr, kein Wind.
Nur hilflos zappelt noch die Schnur,
doch machtlos gegen die Natur.
Der Gummi runzlig, schlapp und schwach.

... Benommen werd´ ich langsam wach ...

Ein Zweig jetzt sticht - das ist noch schlimmer.
Die Träume platzen nun für immer ...
Zu Boden ihre Fetzen fallen

und ich hör mich nur mühsam lallen:
Oh Gott, nimm mir nicht noch die Träume!
Sonst fäll´ ich all die schönen Bäume ...

Türspalt

In der finsterdunklen Kammer
sitzt der große Elendsjammer.
Ach, bedauert sich so sehr.
Im Dunkeln sieht er gar nichts mehr.

Draußen tobt die Lebensfreude,
dass sie keine Zeit vergeude.
Sonnt sich in dem hellen Licht,
sieht die dunkle Kammer nicht.

Jammerknabe hat vergessen,
dass er einmal Licht besessen.
Und die Lebensfrohnatur
hatte auch das Licht nicht nur.

Beiden wäre angeraten,
an den Türspalt sich zu halten.
Alle Freude an dem Licht
gibt es ohne Dunkel nicht.

Und die Tür wird man sich reichen,
Freude wird dem Jammer weichen.
Stetig wechseln sie die Räume ...
Alles andre wären Träume.

Unvollkommen

Ich sollte dir zuhören wollen,
weil ich Ohren bekommen habe,
auf zwei Seiten,
damit ich in alle Richtungen höre.

Ich könnte dich ansehen,
mit meinen klaren Augen,
deren Wimpernschläge mir
immer neue Sichtweisen ermöglichen.

Ich habe eine feine Nase bekommen,
die jeden Duft aufnehmen kann.
Trotzdem kann ich dich oft nicht riechen,
rede mich auf eine verstopfte Nase aus.

Ich sollte dich schmecken können,
mit meinen vielen Geschmacksnerven.
Süß, salzig, bitter, scharf –
nie habe ich deine Mischung probiert.

Es wäre mir möglich,
dich zu fühlen.
Mein Tastsinn würde ausreichen,
um dich zu erfassen.

Ich bin ein vollkommener Mensch,
ausgestattet mit allen Sinnen.
Aber ich bleibe stumpf und begrenzt für dich,
solange ich meine Seele nicht erkenne.

Vollmondnacht

Grell und bleich ihr Gesicht.
Unruhig zittrig das Laub.
Jede Deckung fehlt.
Mondfratze grinst
in die wache Stille.
Zerhackte Gedanken.
Fortgetragen
von keuchendem Windhauch.
Schlafloses Seelenzucken.
Herzklopfen am Himmel.
Rastlos alles Sein.
Die Nacht aufgewühlt.
Ängste drängen durchs Fenster.
Träume bäumen sich auf.
Kalter Schein ruft zum Kampf.
Bewegungsloses Liegen.
Erstarrt von der Macht,
die anzieht und abstößt.
Der Tag erfleht sein Kommen.
Und ich
beuge mich
in kleinem Warten.

Wenn Winter ist

Legt sich Schnee auf den Boden,
unten atmet es doch.
Ebnet Eis eine Fläche,
ist darunter das Loch.
Die Kälte wiegt schwer gegen Leben,
doch dem Mund ist ein Hauch gegeben.
Winter lässt sich nicht zwingen.
Er hat seine Macht.
Aber auch Klirren ist ein Klingen,
selbst in eisiger Nacht.

Wer bin ich?

In den Tiefen der Meere hab ich nach Leben gesucht,
in den Sonnensystemen nach Liebe.
In den Winden hab ich meinen Halt finden wollen,
in den Wolken sich erfüllende Träume.
Hab die Seele mir am Feuer verbrannt
und mein Herz im Dunkeln verloren.
Alle Wege gegangen,
alle Steine gespürt.
Im Wasserspiegel mein Bild gesucht.
Und nirgendwo Sicheres gefunden.

So zieh ich dahin,
vielleicht nur Richtung Ziel.
Immer noch will meinen Sinn ich finden.
Ich bin, wer ich bin,
auf diese Erde gestellt.
Zu nehmen, was mir geschieht und –
daraus zu machen.
Tapfer laufen, bis ich endgültig falle.

LUSTIG BUNTE MOTIVE

An den Winter

He! Du machst mir rot die Nase
und du reizt auch meine Blase,
kriechst mir in die Körperecken,
nirgends kann ich mich verstecken,

bewaffne mich, zieh alles an,
was im Schrank ich finden kann
– gar einen Schuh auf meine Hand –
ich fühl mich wie ein Elefant.

Viel lieber wäre ich ein Bär,
der in seiner Höhle wär,
hätt mich vorher voll gefressen
und die Kält´ einfach vergessen.

Wirst du denn nun endlich schlapper,
wenn ich mit den Zähnen klapper´?
Eisesfüße dich beschwören!
Aber du lässt dich nicht stören ...

Zitternd muss ich mich ergeben,
irgendwie dich überleben.
Nein, ich mag dich wirklich nicht,
schrei es dir ins Frostgesicht.

Und weil ich dich nicht leiden kann,
mach ich mir jetzt die Heizung an.
Sie umarm´ ich selbst mit Füßen –
dich werd ich nicht mal mehr grüßen!

Bin ich eine Kuh?

Zumindest könnte ich in einem früheren Leben eine gewesen sein.
Die Eigenschaft, nur durch Wiederkäuen verdauen zu können, haben Kühe.
Und ich.
Schlecht für mich.
Wenn ich etwas schwer Verdauliches zu fressen kriege, muss ich lang daran kauen.
Immer und immer wieder.
Ich kann gar nicht aufhören zu kauen, muss meine vielen Fragen zu dem Futter stellen und habe eine richtig schleppende, schlechte Verdauung.

Weil ich aber nicht wirklich eine Kuh bin, plage ich mich damit herum – und leider oft auch andere.

Schließlich gibt´s auch noch andere Tierchen.
Zum Beispiel solche, die Unverdauliches einfach wieder ausspucken und trotzdem überleben.
Während ich also noch kaue und kaue, ist es für eine andere Gattung längst vergessen und abgehakt.

Ich funktioniere wohl ähnlich wie Kühe.
Aber um besser zurecht zu kommen, sollte ich – wenn schon – auch noch ein paar andere Eigenschaften von ihnen annehmen.

Also werfe ich mal meine Gestalt kuhgerecht ins Gras und rieche an den Wiesenblumen, damit ich besser nachdenken kann.

Ich sollte auf jeden Fall den Mund zulassen beim Kauen. Nicht jeder will vielleicht daran Anteil nehmen.
Im Gras sitzt es sich schön ruhig. Da kann ich vielleicht etwas „Milch“ entwickeln, mit der ich dann andere erfreuen kann.
Ich sollte nur muhen, wenn jemand gerade offen ist, für derlei Laute von mir.
Statt dessen könnte ich doch einfach besser lernen, mit einem großen Fladen zu bedecken, was schnell begraben werden sollte, kann und darf ...

Ja, das müsste ich hin kriegen, wenn ich mich bemühe.

Der kuhfreundliche Allmächtige möge mir dabei helfen.
Er gebe mir die nötige Erleuchtung, noch zu lernen, wie ich für die anderen Wesen hier gut zu ertragen oder sogar angenehm bin.
Manchmal kann man dann bei mir in richtige Kuhaugen sehen. Ich mache sie groß auf, sie sind begierig auf Begegnung. Und sie sind dann ganz sanft.

Nein, ich will kein Stalltier sein. Ich traue mich wieder auf die große Weide.
Und sollte ich wiederkäuen, setze ich mir einen netten Strohhut auf, dessen Krempe unterdessen Schatten auf meine Mundwinkel wirft.

Der Fisch

Im Wasser schwamm ein kleiner Fisch.
All seine Sinne waren frisch.
Er wedelte durch seine Welt,
achtsam, dass keine Schuppe fällt.
Er äugte hin und äugte her,
sein Fischmäulchen war niemals leer.

Was weiß der Mensch, am Ufer draußen,
wie schön´s durchs Wasser ist zu sausen.
Er hängt die Beine nur ins Nass
– noch machte ihm das ganze Spaß.
Bis er mit „Autsch!“ die Beine zog
aus dieses Wassers feinem Sog.

Der Mensch weiß nicht, wie ihm geschieht,
weil er den Fisch nicht lachen sieht,
und draußen es verborgen blieb,
dass Fischlein sich die Flossen rieb.
Der Mensch mag angeln, ganz beflissen,
doch Fisch hat – in den Zeh gebissen.

Du bist so wunderbar

Du umgibst mich,
hüllst mich ein,
gibst mir alle Wärme, die ich brauche.
Wenn ich mich nach dir sehne,
bist du immer da und wartest schon auf mich.
Du riechst gut
und steckst in einer Hülle,
die für mich schön anzuschauen ist.
Für dich brauche ich keine Worte.
Du bist einfach da,
liegst wartend für mich bereit.
In dir kann ich versinken
und alles vergessen.
Dein Dasein begründet sich einzig damit,
dass ich dich brauche.
Und du hast keine Bedingung an mich.
Ich kann aussehen, wie ich will,
hinreißend oder vergammelt,
darf mich schlecht oder gut fühlen.
Bevor ich einschlafen kann,
darf ich mit dir kuscheln.
Und bin ich in tiefstem Schlaf entrückt,
bist du doch immer da.
Entfernst du dich einmal von mir,
kann ich dich einfach zurückholen.
Ich könnte auf vieles verzichten,
aber ohne dich wäre es kalt und leer.
Ungeschützt würde ich mich fühlen,
unbehaglich, und es fröstelte mich.
Ich hänge an dir,
kann nicht ohne dich sein.

Wenn ich alles geben muss,
alles verliere,
dann hoffe ich, dass du mir bleibst –
meine Bettdecke.

Flaschengeist und Zauberfee

Ehrlich, schon seit vielen Jahren
prüfte ich dieses Verfahren:
Flasche in die Hand genommen,
doch kein Geist ist ihr entkommen,
der mir schenkt und hin mir biegt,
was ich selbst nicht hingekriegt.

Auch im Wald, das sag ich dir,
kam keine Zauberfee zu mir.
Und mit keinem Sternchenregen
kam je der Drei-Wünsche-Segen.
Die Fee ist längst im Moor versunken,
die Flasche hab ich leer getrunken.

– Die Moral von der Geschicht´?
Warte auf die Geister nicht!
Setz auf deinen eig´nen Geist,
der den rechten Weg dir weist.
In dir allein der Zauber ruht –
kämpfe, reife – dann ist es gut.

Hör auf deine Körpersprache ...

Ich ziehe meine Schuhe aus
– da guckt ein Loch im Strumpf heraus.
Recht freundlich grüßt mein großer Zeh:
„Der Schuh tat mir schon lange weh!
Ich bin da vorn schon ganz zerdrückt,
der Nagel wirkt auch nicht beglückt.
Du wolltest ja nicht auf mich hören.
Dann muss ich mit ´nem Loch dich stören!“

Nikolaus und Christkind

zeitgemäß

Hallo Nikolaus!

Wir Kinder sind nicht mehr die besten,
wir haben keine weißen Westen.
Der raue Wind in unserer Zeit
verlangt ja schon fast Schlechtigkeit.
Schau dir nur unsere Eltern an –
der Apfel fällt nicht weit vom Stamm.
Die könntest du zuerst verhauen,
während wir dir den Sack leer klauen.
Dann geben wir dir Alkohol,
in einer Stunde bist du voll.
Schon sieht die Weihnacht schöner aus,
als sonst zur Zeit in manchem Haus ...

Wenn´s Christkind kommt

Oh komm herein doch, Christkindlein,
– nur bitte nicht anspruchsvoll sein.

Der Vater rülpst schon vor dem Baum,
die Weihnachtsgans – ein Festtagstraum.
Die Mutter singt verzweifelt Lieder,
sie kann nur zwei – die immer wieder ...
Nur Weihnachtsschnaps sich Oma gönnt
und hätt´ beinah das Fest verpennt.
Klein Egon bohrt sich in der Nase,
die Schwester drückt die kleine Blase ...
Der Hund unter dem Baume jault,
weil heißes Wachs nicht so schön krault.

– Da fragst du noch nach ´nem Gedicht?!
Nee, tut uns leid, DAS hamm wir nicht.

Oberflächlichkeit

Der Apfel sprach zur Apfeline:
„Wie blöd ist doch `ne Apfelsine
mit der orangen Schrumpelhaut –
oh nein, sie wollt´ ich nicht zur Braut!
Da lob´ ich mir doch deine Bäckchen,
schön rot und glatt, kein Faltensäckchen!
Und dann dein zartes Blütenrestchen –
dich führte ich auf jedes Festchen!
Dein Stängelchen ist wirklich sexy,
mein allerliebstes Apfelhexi!
Will mich an deine Kernchen schmeißen –
du bist ja wirklich zum Anbeißen!"

Der Apfel ... kommt mir komisch vor.
Was ist er denn nur für ein Tor.
Sieht nur die Hülle, nichts dahinter.
Sonst würd´ er warten auf den Winter!
Mit Apfelsinchen unter Sternen ...
dann die Orangenhaut entfernen –
so hätt´ er doch noch mal entdeckt,
wie *dieses* süße Früchtchen schmeckt.

Osterweisheit

Es hat ein Has´ ein Ei verloren,
da stellte er verdutzt die Ohren,
ihm war bis dato nicht mal klar,
dass er ein Osterhase war.

Belustigt sah er sich das an,
was er von hinten alles kann,
probiert es später noch mal aus,
doch diesmal kam ein Haufen raus.

Es ist nicht alle Tag´ gegeben,
etwas Besonderes zu legen
und ist durchaus ein Frühlingsfest,
wenn man ein Ei mal von sich lässt.

Stippvisite

Ich hab den verrückten Garten betreten.
Da wachsen Lachsäcke in den Beeten.
Von den Bäumen hängen Schmunzelgesichter.
Und ausgestreut wird hier nur Trübsinnsvernichter.
Das Gras ist zum Kitzeln da, bis auch der Letzte
vor Lachen sich in das selbige setzte.
Griesgrämige Menschen werden nicht vertrieben,
weil´s sein könnte, dass sie doch gerne hier blieben.
Aus den Büschen kullern die lustigsten Witze
und Gekicher dringt aus der kleinsten Ritze.
Ich konnte nicht bleiben, beim Lachtränenflieder.
Doch eins weiß ich sicher: ich komm immer wieder!

Straßenfastnacht in der Pfalz

Heute ist er endlich – der Umzugstag in Kleinwatzenheim! Das ganze Jahr haben wir darauf gewartet, das wieder zu erleben.
Wir stehen am Straßenrand, dicht an dicht, und warten auf die prächtig und mühevoll geschmückten Motivwagen, die bald an uns vorbei ziehen werden. Die Spannung steigt.

Opa rückt sich zwischen unzähligen anderen Narren noch einmal die Pappnase zurecht, die ihn später beim Trinken erheblich stören wird.
Die ersten karnevalistischen Fußtruppen kommen! Sie haben die wichtigste Aufgabe überhaupt: das Verteilen der Weinprobiergläschen – die heute zum Vorzugspreis von nur drei Euro zu erhalten sind! Was macht es da schon, dass der später eingekippte Wein deutlich weniger wert sein wird...
Das erste Gerempel beginnt. „Nun treten Sie mir mal nicht auf die Füße, Sie Gierhals! Sie werden noch schnell genug zu Ihrem Gläschen kommen!“, spricht einer den karnevalistischen Vergnügungsgruß.

Da! In Sichtweite der erste Motivwagen! Nur diese überflüssige Marschkapelle davor versperrt die gute Sicht. Wer hört schon auf die lange eingeübten Klänge, wenn längst die Menge johlt und nach Füllung der tapfer in die Luft gereckten Gläser grölt?
Gleich der erste Motivwagen hat sich ein brisantes lokalpolitisches Thema ausgewählt, das die Leute jetzt bestimmt von den nicht vorhandenen Hockern reißen wird ... Bloß – irgendwie schaut keiner hin! Wir sind doch schließlich heute nicht gekommen, um Leute zu

beklatschen, die uns ironisch auf diverse Missstände aufmerksam machen wollen. Unser Blick gilt doch etwas ganz anderem: Wo sind sie denn, die Besatzer der Triumphwägen, die den viel inhaltsschwereren Sack schwenken, in dem die bunte Bonbonpracht winkt? Und – wie man hier so schön sagt: „Heit´ alles umme!!!“ (Für alle nicht Ureinwohner der Pfalz: das meint „umsonst/koscht nix heit!“).

Jetzt geht´s los! Der erste Wagen hat uns erreicht. „Herr Schellenkappe“ und „Frau Trötennase“ verzweifeln – weil sie nicht wissen, ob sie nun zuerst das Glas zum Eingießen in die Höhe recken sollen oder sich in den Vierfüßlerstand begeben, um die tollen Süßigkeiten einzuhamstern. Die Entscheidung fällt schnell. Großmütig überlässt man das Gekrieche erst einmal den anderen und wendet sich dem Hauptgrund des hier Seins zu: Schließlich wollen wir uns doch heute billig besaufen. Wie eine Trophäe wird das voll ergatterte Glas hoch erhoben zurück geschunkelt. Die Hälfte schwappt dabei leider bis zum Straßenrand schon aus. Macht nichts – der nächste Wagen folgt ja schon ganz dicht. Jetzt heißt es abkippen! Sonst fährt der zweite Wagen vorbei und wer will sich schon die Blöße geben, dann das erste Glas noch nicht leer zu haben?! Also wiederholen wir die Prozedur. Beim dritten Wagen denken wir um. Erst mal genug reingeschüttet – jetzt blasen wir zum Angriff auf die Bodenschätze. Hier liegt ja schon alles bunt herum – Karamellen, Bonbons, Schokotäfelchen – huch! eine Gästeseife, gespendet vom Sanitätshaus Wollstrumpf, liegt auch da! Auf sie mit Gebrüll!
Bevor der Herr mit der Blinkmütze sich danach bücken kann, weil ihm selbige vom Kopf geschubst wird – hat ein anderer die Seife eingesackt. „Hören Sie mal – Sie müssen es nötig haben! Haben Sie denn nicht gesehen,

dass ich schon so gut wie dran war? Wo bleibt Ihre Fairness unter uns Narren?" – „Ich glaube, Sie haben ein Rad ab! Sie haben kein Vorrecht auf die Seife, auch wenn Sie ein wenig müffeln!" – Nach diesem kurzen Schlagabtausch ist das Wortgefecht schon wieder Vergangenheit, man kann das nicht vertiefen, denn auch der vierte Wagen bewirft uns mit qualitativ hochwertigen Süßwaren. Wen stört es da schon, dass so ein hartes Fruchtdrops ganz schön weh tut, wenn es einem an die Schläfe fliegt – von dort wird es wenigstens zum unangefochtenen Eigentum, wenn es unumkämpft schnurstracks in die eilig aufgehaltene Jackentasche fällt.

Nun blasen Opa und Oma zum Appell. Schließlich haben sie die Interessen ihres Enkels zu verteidigen, der noch viel zu klein und unterlegen ist, in der Schlacht um die Kariesbringer.

Opa hat die Pappnase längst mitten auf der Stirn prangen, weil er sonst das Einfüllloch für den Wein nicht schlabberfrei hätte benutzen können. Todesmutig stürzt er sich auf die Straße. In der linken Hand das Weinglas jonglierend, erlangt er noch einmal eine ungeahnte Gelenkigkeit, als er, auf den Knien rutschend, mit seiner rechten Hand gleich fünf Kleinode schnappen kann! Weinselig lächelnd hievt er sich wieder hoch, drängt sich in seine Standreihe zurück und übergibt dem Enkel die Beute. „Bäh, Opa! Solche Bonbons esse ich nicht", kommentiert der Bengel und schaut geringschätzig auf die bunte Pracht. Opa überhört das kühn, muss er doch schon gleich wieder Oma zu Hilfe eilen, die ihrem Weinglas nachrobbt, das ihr beim Kämpfen aus der Hand gefallen ist und nun die Straße entlang rollt, in einem Rinnsal aus Wein. Macht nichts – aufgehoben, flüchtig am Mantel abgewischt, ragt es schon wieder in die Höhe zum Neubefüllen. Einen kräftigen Schluck

genommen – und diesmal das Glas Opa in die Hand gedrückt – schafft sie sich buchstäblich auf allen Vieren auf die Straße, um nach den kleinen Popcornbeuteln zu grabschen, die jetzt geflogen kommen. Glücklich hält sie vier Zipfel von Beuteln in den Händen – als ihr der Altersgenosse, der ihr dicht auf den Fersen ist und noch keinen Beutel in der Hand hat, zwei entreißt. „Jetzt geht es aber los!“, kreischt Oma hysterisch, „hören Sie mal – so alt, wie Sie aussehen, haben Sie schon viel größere Enkel, die gar kein Popcorn mehr wollen – schämen Sie sich nicht, meinem armen Kleinen die Freude zu nehmen?“. Aber der Feind taucht einfach in der Menge unter.
Bei der Aktion ist es Oma ein bisschen ins Kreuz gefahren, aber tapfer und ungebrochen bringt sie die Fracht in Sicherheit. Enkel Wilbert, zärtlich „Bertschä“ genannt, rügt Oma: „Du weißt doch, dass ich die Popcorn net mag! Und jetzt krabbele nicht noch für die Nüsse auf die Straße – davon haben wir ganz viel zu Hause.“
Eine kleine Faschingsdepression schleicht sich bei den Großeltern ein. Wozu ihr selbstloser Einsatz und guter Zweck bei diesem Umzug? Der undankbare Fratz stellt einfach die Wichtigkeit ihrer Anwesenheit in Frage ... ach so – wir haben ja noch die guten Tröpfchen einzufangen, für die wir sonst „teuer Geld“ bezahlen müssen. Also – nachgefüllt und Prösterchen, es lebe die Straßenfastnacht! Unser´ Pfalz – Gott erhalt´ s´!

Wie? – Wo sind denn jetzt all die Wägen? Ja – ist der Umzug denn schon vorbei?
Na so was. Jetzt haben wir nicht einen Motivwagen richtig angesehen und unsere Köpfe mussten andauernd den schwingenden Handbecken der Kapellmeister entkommen.

Außerdem haben wir Tante Margot und Onkel Rudi gar nicht gesehen, mit denen wollten wir hier doch ein bisschen Fastnacht feiern ... Stattdessen haben uns nur rücksichtslos vergnügungssüchtige Narren belästigt, die anscheinend keinen Sinn für Karneval haben und einfach keinen Humor.
So was Dummes. Jetzt ist schon alles zu Ende. Und wir haben kalte Füße, verrenkte Arme, Weinflecken auf der Sonntagshose und Bonbons, die keiner braucht.

Na – im nächsten Jahr ... da kommen wir ja wieder.

Wie dumm!

Schicksal

Quietsche-Entchen – Badewasser –
Saubermann war Tierehasser –
Wasserablass – Trockenschwimmer –
Quietsche-Entchen raus kam nimmer ...

Fiasko

Bett zerwühlt, der Liebe wegen.
Pärchen wollt sich wild bewegen.
Ist über den Rand gestürzt –
Abgang war ganz schön verwürzt!

(Beide entstanden bei einer lustigen Zugfahrt, März 2006)

Nüchtern betrachtet

Wenn du am Hängeauge leidest,
weil eine Mücke es bestach
und ein Kuvert die Lippe schneidet,
so wie ein Messer – Weh und Ach,
dann kannst *den* Tag du wohl vergessen.
Vielleicht hilft
Schokolade essen.

(So was passiert ... 12.11.07)

Wort-Scharaden
(für meinen Sohn)

(Gesucht sind zusammengesetzte Hauptwörter,
die man aus dem Text errät.)

1.
Das Erste steht vorm Herd.
Das Zweite wird von ihm begehrt,
ist rund und steht in jedem Heim
und immer kommt was Neues rein.
Das Erste rührt im Zweiten
für des Tellers Köstlichkeiten.

2.
Nass kommt das Erste von oben runter
und unter das Zweite stellst du dich drunter.
Scheint aber die Sonne in deinen Haaren,
dann kannst du das Ganze dir auch ersparen.

(1. Kochtopf / 2. Regenschirm)

UNIKATE

Auszeit

Ich schreib dir täglich einen Brief,
weil ich nicht mit dir spreche.
Ich schreib, was mir der Himmel rief
und dass ich nicht zerbreche.

Es wogt doch die Gedankenflut,
mit der ich gern dich füllte
und ich sag dir, du tatst mir gut,
als mich dein Geist umhüllte.

Vom klaren Mond erzähl ich dir,
bei dem ich an dich dachte,
als ich in langen Nächten hier
sie sinnend oft durchwachte.

Ich frage dich, wie es dir geht,
ob du noch fröhlich bist,
auf dem Balkon der Grill noch steht
und Duftöl in der Lampe ist.

Erzähl´, mein Essen ist verbrannt,
weil ich dir schreiben wollte,
und von der Blase in der Hand,
die mich dabei wohl schmerzen sollte.

Will wissen, ob der Spiegel noch
in deinem Fahrstuhl hängt,
an den sich deine Nase doch
so gerne prüfend drängt.

Du wirst die Briefe niemals sehn
und keinen jemals lesen.
Und doch ist nichts umsonst geschehn.
Ich sprach mit deinem Wesen.

Ich schreib dir täglich einen Brief
und schick ihn auf die Reise.
Doch weil dein Herz gerade schlief,
grüß ich dich nur ganz leise.

(22.06.08)

Abreise

Häuser und Kirchen ziehen an mir vorbei.
In meinen Augen blinken noch die Leuchtreklamen
der Stadt.
Die Sonne kommt wieder hervor.
In meinen Haaren kleben noch Regen und Wind.
Stimmen murmeln um mich herum.
In meinen Ohren ist nur die vertraute.
Jemand packt etwas zu essen aus.
In meiner Nase der Geruch der Fleischspieße
von gestern.
Eine alte Dame zieht eine Weste an.
Ich spüre die Wärme noch am Körper.
Der Zug passiert die Weichen.
Ich höre noch die Straßenbahn.
Ein Kind trinkt Limonade.
Auf meiner Zunge noch der Geschmack unseres
Drinks.
„Ist hier noch frei?", fragt der Herr mit der dicken
Tasche.
Ja, es gibt herrlich freie Plätze, denke ich.
Niemand kann mir mehr etwas anhaben.

Achterbahntage

„Steig ein!“,
rief die Bahn
und ich zögerte nicht,
als sie mich mitriss.
„Nimm auf, nimm wahr“,
sagte sie,
„Freunde und Freude, Jubel und Zagen.
Ich treib dir Tränen ins Gesicht.
Begreife! Die Einmaligkeit liegt im Jetzt.
Ein See wird zum Himmel,
ein Himmel zum See.
Tag und Nacht, Hell und Dunkel
sind nicht wichtig.“

Ich fahre Kurven.
So viele Sonnen und Schatten.
Unablässig dreht der Wind
und alle Träume mischen sich
mit allen Realitäten.
Fragen wechseln sich mit Antworten ab,
niemals Ruhe, lebenstiefes Auf und Ab.
Rasend raubt die Fahrt den Atem.
Dann wieder bremst die Bahn, tief intensiv,
rüttelt mich:
„Ich jag dich hoch, da ist Glück.
Und stoße tief dich hinab ... spüre nach!“

Zeit ist
kein Begriff,
steht und rast,
auf dieser Fahrt
hinein in den Sonnenuntergang.
Kaum streift mich der Schlaf –
Weiterfahrt im neuen Tag.
Freifahrt? Nicht oft!
„Hüte dich, damit zu rechnen. – Steig aus!“,
sagt die Bahn.
Bin benommen und verdreht,
doch auch klar und konkret.
„Sammle ein!“ –
Und ich packe Eindrücke und Erlebtes.
„Nimm es mit!“ ruft sie mir zu, als sie weg fährt,
„denn nichts kommt einmal mehr.“

Ich weiß. Ich geb´s nicht her.
Nein, ich behalt es sehr.

(Möhnesee, November 2005)

Am Meer

Seewind grüßt,
streift meine Gedanken mit sich fort.
Ich muss mich auf die Suche nach ihnen machen,
den alten und den neuen.

Schwerer Sand
will meinen festen Schritt.
Feine Erde lockt mich,
sie zu streicheln.

Kräuselwellen gleiten an Land,
rauschen mir zärtlich.
Ich sehe und höre
bis auf den Grund.

Dünengras.
Dürr, wie es ist,
biegt es sich störrisch nach oben
und steht aufrecht.

Wasservögel
sitzen und schwimmen sicher,
fliegen und stolzieren so leicht.
Eine Feder will ich ihnen nehmen.

Strandluft bemächtigt sich meiner.
Berauscht taumele ich
in ihre Klarheit,
atme sie tief in mich ein.

Die Sonne geht unter,
vereinigt Horizont und Wasser
in leuchtendem Farbenspiel,
in dem jede Zeit verschwimmt.

Salzbrennende Augen, lichterloh.
Sich ins Sandwasser grabende Füße.
Ich lecke am meernassen Finger
und verliere und finde mich, unendlich.

Am Meer

(Usedom, Mai 2006)

Augen-Blick

Wie der Wimpernschlag
eines Auges
mit seinen seidig weichen Härchen,

wie der Blick,
der voll Wärme
seine Geschichten erzählt,

wie die Pupille,
die sich dehnt und streckt
und klein zusammenschreckt,

wie der Glanz der Augen,
in denen man sich
für einen Moment spiegeln kann

und wie das Augenlid
sich mit der Fingerspitze
zart streicheln lässt
– wenn es sich wieder schließt,

so
ist Glück.

(Berlin, Sept. 2006)

Bilderbogen

Magst du Brücken?
Sie führen einen von einer Seite zu einer anderen.
Manchmal ist es ein mulmiges Gefühl,
da so drüber zu laufen
und in der Luft zu hängen, bis man drüben ankommt.

Freust du dich über die Sonne?
Sie erhellt die Gedanken
und sie gibt ganz fühlbar Wärme,
ohne eine Bedingung daran zu knüpfen.

Kannst du Essen genießen?
Auf der Zunge kann es einem zergehen.
Ein Geschmack breitet sich im Mund aus,
den in diesem Moment kein anderer als du
auskosten kann.

Widerstehst du einem peitschenden Regen?
Wenn die heftigen Tropfen
prasselnd ins Gesicht schneiden,
tun sie richtig weh.
Jedoch nähren sie die Sicherheit,
das aushalten zu können.

Besitzt du das Geschenk der Vertrautheit?
Das ist, wenn du jemandem immer etwas sagen kannst,
selbst, wenn du dabei kein Wort sprichst.
Und es ist das auch, wenn du ihn hörst,
während er gerade gar nichts zu dir sagt.

Fühlst du dein Herz?

Es schlägt, bis zum letzten Tag,
den Rhythmus deines Lebens.
Während der Verstand redet,
flüstert es dir unbeirrbar zuverlässig zu,
wer du bist, was du fühlst und was du tun sollst.

Du
bist eine Brücke,
eine Sonne,
köstliche Nahrung,
wilder Regen.
Du bist die Vertrautheit
und ein pochendes Herz

für einen nahen Menschen.

Dass du da bist
– und da hingekommen bist,
  wo du heute bist –
ist sehr bereichernd.
Achte es nicht zu gering.
Sei glücklich!

(Für Dieter, 10. Dez. 2007)

Brückenlichter

Rattern des Zuges.
Vibrierend wie Freude.
Kindergeplapper.
Wie Unbeschwertheit.
Regen, der fröhlich ist.
Wie warme Tränen.

Das Gefühl der Ankunft.
Und aussteigen.
Still da stehen.
Und warten.
Abgeholt werden.
Wie aufgefangen.

Streunen können.
Verweilen.
Bei den Kletterpflanzen.
Wo schwere Blütenkelche ranken.
Wie Empfindungen.
Auf der Terrasse, die den Blick weitet.
Wie Gedanken.
Wasser fließt vorbei.
Wie Bewegung, die Ruhe gibt.

Augenpaare, die Lachen verschenken.
Und Lachen geschenkt bekommen.
Stiller Austausch.
In gewählten Worten verbunden.

Wind bläst Wolken vor die Sonne.
Eine Störung, die jäh herausreißt.
Raupen lassen sich vom Baum fallen.

Krabbeln auf die Sitzenden darunter.
Abschütteln. Weitergehen.
Wichtig.

Wieder Rosen von einer Decke hängen sehen.
Und einen Kaffee noch.
Nur noch einen.

Über die Brücke fahren.
Die letzten Lichter mitnehmen.
In die Tasche packen.
Alles was hinein passt.
Auf Wiedersehen sagen. Nicht Adieu.
Dankbarkeit fühlen. Für den Tag.
Und seinen Inhalt –

Rattergeplapper, Regentränen.
Blütenterrassen, Wind am Wasser.
Raupenstörung, Rosenkaffee.
Brückenlichter.
Und die Bedeutung all dessen.

Das eine ist. Das andere bleibt.

Was ist mit deinem Körper passiert?
Er schmerzt, er ist schwach,
schreit, wehrt, leidet.
Alles löst sich auf –
die Äußerlichkeit, die Funktionen.
Es ist, als würdest du
in deinem Körper nicht mehr wohnen.
Er trägt dich nicht mehr,
keine Kraft ist ihm inne.
Kannst nicht essen, nicht lesen,
nichts von alledem tun,
was dein Leben so liebenswert macht.
Wer dich so sieht,
sieht das Elend des Körpers,
in dem du da wohnen musst.

Was ist mit deiner Seele geschehen?
Scheint, der Körper hätte ihr Kraft abgegeben.
Denn sie strahlt so!
Wer dich liebt, den berührt sie ganz und gar.
Wie ein Licht funkelt sie,
was auch immer drum herum ist.
Braucht nicht Zeit und nicht Raum.
Nie im Leben war so rein sie, und stark.
Und sie trägt dich, sie ist du,
hält dich zusammen, ist dein Ganzes.
Wenn du gar nichts mehr kannst –
sie zeigt sich vollkommen und gereift.
Strahlend schön scheint sie mir.
Und sie dringt in Menschen ein,
die nie mehr ohne sie sein werden.

(Für Dorothea, schwerkrank)

Das Glück hat Flügel

Die Meerluft weht schmeichelnd über das Land.
Ein alter Kahn steckt im trockenen Sand.
Sein morsches Holz trotzt der Sonne entgegen.
Da sieht man an ihm sich etwas bewegen.

Graubraun ist der Sand, der den Füßen weicht.
Der dunkelbraune Kahn einem Blickfang gleicht.
Im gerillten Brett glänzt ein Punkt, rot und klein,
muss ein Marienkäfer beim Sonnenbad sein.

Ganz nahe betrachtet hat er Punkte auf dem Schild.
Sie zeigen – altbekannt – ein symbolisches Bild.
Man sagt, sie könnten Glück zu uns bringen –
zumindest vielleicht ein Lied zum Klingen ...

Als die Winzigkeit endlich ins Auge fällt,
da streckt der Käfer seine Flügel in die Welt.
Durchscheinend und dünn breitet er sie aus
und doch voller Kraft tragen sie ihn hinaus.

Da fliegt er nun ins Sonnenlicht
– und dieses bescheint ein jedes Gesicht.
Schwer und grob ist der Kahn – soll er doch stehen.
Glücklich, wer des Käfers Flügel gesehen.

(Usedom, Mai 2006)

Die kleine Geschichte vom Wannenbad

Es ist bestimmt schon zwanzig Jahre her, seit ich das letzte Mal gebadet habe.
Ja, doch – ich bin durchaus sauber und fühle mich gerne frisch, und ich habe wohl in der Zeit nahezu täglich geduscht. Aber so eine Dusche ist ja auch zweckmäßiger.
Im Sommer erfrischt sie und im Winter tut ihr warmer Strahl gut. Man kann sich rasch waschen, verliert keine unnötige Zeit; der Alltagsdreck spült sich ab, rinnt merklich an einem runter und davon – und man verschwendet trotzdem nicht so viel Wasser.

An die letzten Male in der Badewanne erinnere ich mich noch.
Meine damals kleinen Kinder liebten das lustige Planschen, bei dem sie kaum merkten, dass sie dabei auch sauber wurden. Und sie baten ihre Mama abwechselnd immer mal wieder in die Wanne zu sich, um den Spaß mit ihr zu teilen.
Ich setzte mich immer bereitwillig zu ihnen; der warmkuschelige Körperkontakt war eine schöne Gelegenheit, miteinander zu knuddeln.
Unbequem war es allerdings auch. Ungebremst traten die Kleinen mir in schönster Abwechslung regelmäßig in sämtliche Weichteile. Von Entspannung konnte keine Rede sein. Gummientchen, Schiffe und Bällchen flogen weit und mussten mehr vom Boden als aus dem Wasser gefischt werden. Die Schaumkrönchen zierten nicht nur alle Beteiligten, sondern ebenfalls den Boden und nach diesen Wasserschlachten musste erst mal alles wieder gewischt und geordnet werden.

Eines Tages waren meine Kinder gewachsen, verloren die Lust an dem Badespaß und brauchten den Platz und den Raum dort für sich alleine.
Ich sagte immer, ich hätte keine Zeit zum Baden. „In der Zeit kann ich schon Geschirr spülen oder mit den Kindern etwas machen“, meinte ich, und: „überhaupt – es ist viel umweltfreundlicher zu duschen und wir haben immer sehr wenig Geld, wir müssen einfach jeden Tropfen Wasser sparen.“

So vergingen die Jahre und ich badete nicht.
Ich duschte, mit mich selbst überzeugender Begeisterung, und vergaß, wie es sich anfühlt, in einer Badewanne zu sitzen. Irgendwann wollte ich einfach nicht mehr wissen, wie das ist.
Wenn man sich etwas weg denkt aus seinem Leben, ist es viel einfacher, ohne dieses auszukommen, jedes Gefühl dafür verschwindet. Die Wegdenk-Taktik hatte ich perfektioniert. So merkte ich schließlich in keinem Fall mehr, ob mir etwas oder was mir fehlen könnte.

Eines Morgens war ich bei dir.
Ich erwachte nach genussvollen Stunden mit dir und nun frühstückten wir, nur wenig bekleidet.
Ich fror. Wenig Schlaf und der Novemberblick aus dem Fenster hatten meine Füße eiskalt werden lassen und das Frösteln breitete sich auf meinem Körper aus.
Dann sagtest du mit freundlicher Wärme diesen Satz: „Du kannst ruhig baden, wenn du willst.“
Ich saß ganz regungslos da und fühlte plötzlich, wie mein Herz pocht. Und ich hörte mich – als spräche eine Fremde mit einer atemlosen Leichtigkeit aus mir – „Ja. Das mache ich jetzt. Danke.“
Ich stand auf und lief wie ferngesteuert ins Bad. Dort schaute ich die Wanne an und dann suchte mein Blick

so etwas wie einen Badezusatz. Ungeschickt schraubte ich an dem Stöpsel herum, bis er zu war und drückte andächtig ein paar Spritzer des Schaumbades aus der Flasche auf den Wannenboden.
Einen Moment malte ich versonnen mit meinen Fingern kleine Kreise in die cremige Flüssigkeit, bevor ich mit einer gewissen Feierlichkeit den glänzenden Wasserhahn aufdrehte und wie in einer heiligen Handlung warmes Wasser zum Einlaufen brachte. Ich betrachtete den Wasserstrahl und hörte seinem Geräusch zu, als hätte ich gerade einen kleinen Wasserfall am Ende der Welt entdeckt.

Am Frühstückstisch stand noch mein warmer Kaffee, also trippelte ich noch einmal durch den Raum, um mir die Tasse an den Wannenrand zu holen. Als die Wanne voll war und ein Schaumteppich darauf glitzerte, streifte ich die wenigen Kleider ab und stieg hinein. Meine Beine zogen mich förmlich ins Wasser und machten, dass ich mich schnell setzte. In diesem Moment wäre meinem Mund beinahe ein Laut entfahren, den man sonst nur bei der Abwärtsfahrt in einer Achterbahn hören kann. Ich unterdrückte ihn und sank bis an die Kinnspitze ins Wasser.
In der gleichen Sekunde verlor ich meinen Körper. Ich spürte nur noch Wärme und Umschlossenheit in mir selbst. Meine Augen schlossen sich und doch schien ich alles deutlich vor mir zu sehen. Es war kein Radio an, aber ich hörte Musik. Ich versuchte gar nicht, meine Empfindungen in Gedanken zu fassen, ließ dies alles einfach mit mir geschehen, in einer Hingabe, die nur mir gehörte. Und ich bewegte mich kaum, weil ich nicht wollte, dass es aufhörte.

Durch die offene Badezimmertür hörte ich deine angenehme Stimme. Du erzähltest mit mir, plaudertest auf mich ein, und ich antwortete dir, als sei dies ein ganz gewöhnlicher Augenblick.
Als du gerade nichts mehr sagtest, sprachen meine Gedanken wieder mit mir. Aus dem warmen Dunst schien eine Klarheit aufzusteigen, die mir offenbarte, warum ich ein solches Bad so lange nicht für mich zugelassen hatte. Es war, als hätte ich mich bestrafen wollen für alles, was ich in meinem Leben verkehrt gemacht hatte, als hätte ich mir einen solchen Genuss nicht mehr zugestanden, weil ich es mir nicht wert war, mir etwas derartig Gutes zu tun.
Ich fühlte mich frei und glücklich. Und ich konnte in dieser herrlichen Wasserwanne quer durch meinen ganzen Körper spüren, dass ich ein Anrecht hatte, mich so gut fühlen zu dürfen.
Meine Augen füllten sich mit Tränen und mein Herz mit Dankbarkeit über diesen Gewinn.

Als ich aus der Wanne stieg, umschlang ich dich mit meinem warmen, aufgeweichten Körper und meinen intensiven Empfindungen und küsste dich.
Du hattest nicht einmal im Entferntesten eine Ahnung von der Größe dieses Augenblicks und was mit mir geschehen war.
Wie solltest du auch?
Du badest jeden Tag.

Etwas

Wenn ich jetzt gehe,
würde ich dir so gerne etwas da lassen.

Einen verkrümelten Sitz?
Den Rest in einer Flasche,
die wir gemeinsam getrunken haben?
Ein gebrauchtes Streichholz?
Den Hauch eines Geruches?
Ein vergessenes Blättchen Papier
– oder gar ein kleines, extra für dich beschriebenes?

Vielleicht mein Lachen.
Und meine Ernsthaftigkeit.
Kuss und Umarmung.
Und ein paar herrliche Träumchen von dem,
was wir sonst noch so gerne zusammen tun.
Am liebsten würde ich *mich*
für ein Bisschennoch
und ein Öftermal
da lassen.

Aber du gibst mir ja auch viel mit.

Ich krame nach.
Und freue mich am meisten,
wenn ich den Wunsch finde,
dass ich wiederkommen soll.

Komm, lass uns ganz fest halten

KOMM,
wir geben unserer Traurigkeit Glücksverzierungen
und lassen aus unseren Gesprächen, die nicht viel Sätze brauchen,
ein wogendes Feld erblühender Worte werden.
Dein gelebtes Lachen hüpft so wohltuend zu mir.
Dafür gebe ich dir meine ausgewähltesten Tränenperlen,
nur die schimmerndsten, die glitzerndsten,
im richtigen, im wichtigen Moment. – Versprochen!
Zwischen uns ein warmhändiges Seelenstreicheln.
Es wattiert die Verzweiflung, mindert ihr Gewicht.

LASS UNS
unsinkbare Nähe halten,
die den reißenden Zeitstrom entmachtet.
Fühlst du sie, die Herzerweiterung,
in den Musikfarben und Gedichtbildern?
Lass den Kuschelbär einziehen,
fühl den Flügelschlag des Engels
durch die weitgeöffneten Türen
dieses geschlossenen, düsteren Raumes.
Nun brennt das Licht aller Gefühle und Schwingungen.
Und Unvergängliches durchflutet uns mit Helligkeit.
Traum? – Unwirklicher, zu kurzer Moment?
Nein, wir trennen uns als Beschenkte und Schenker von Kostbarkeiten.
Wähle diese Waffen gegen Schmerz und Qual, so gut du kannst.

GANZ FEST HALTEN.
Unseren Einklang, auf Leben und Tod.
Er gibt uns ewige Momente
und schließlich Frieden –
zum Mitnehmen für dich und zum Behalten für mich.
Dank dir, von dir,
in der Begegnung mit Liebe,
in der Berührung mit dir
großem, puren Menschen.

(Für Dorothea
Berlin, 5. und 6. Januar 2006)

Längst

„Willst du zu mir kommen?“, fragst du leise
und ich fließe in deinen Arm.

Ich spür dein Herz, denke ich ungläubig,
als mein Kopf sich an es schmiegt.

„Ich sehe dich“, sprechen deine Augen,
in denen ich endlich versinke.

„Ich küsse dich“, antwortet dein Mund
auf meine stillen Küsse davor.

„Nun fass mich an“, bebt dein Verlangen
und meines bricht aus mir heraus.

„Komm endlich zu mir“, schreit mein Körper.
Du trittst ein, ich lass dir Macht,

längst
so gewollt und so willkommen.

(19.05.2006)

Möhnesee, November 2005

Die Dunkelheit fällt langsam nieder.
Der See ruht schwarz und still.
Gedanken halten das Herz umklammert.
Auch, wenn ich sie gar nicht will.

See,
bist du auch stumm
und ich seh´ keine Welle,
dein Wasser ist Kraft, bleibt besteh´n.
Wenn der Tag wieder kommt,
wirst du dich kräuseln,
deine Klarheit werd´ ich wieder seh´n.

Und so nehm´ ich denn hin,
dass es dunkel geworden.
Ahn´ dein Wasser mit unsich´rem Blick.
In der Nacht sind doch nur
die Träume geboren.
Doch die Wirklichkeit schaut nicht zurück.

Guter See, bleib bei mir.
Zeig dich wieder.
Du bist mächtig und schön, voller Pracht.
Ich leg mich jetzt auch bei dir nieder,
muss nur dulden, bis vorbei ist die Nacht.

Sieg über die Zeit

Du triffst deine Entscheidung.
Und besiegst die Zeit.
Unglaublich kannst du den Tagen
wieder deine Fülle geben.

Nie gefordert
nimmst du bescheiden
dein Geschenk in Empfang.
So kostbar der Inhalt. Zeit.

Sie scheint sogar
ein wenig still zu stehen,
hält den Atem an
und gibt ihn dir.

Deine Seele
muss keine Sorge haben.
Nein. Nun zwingt sie
nichts mehr in die Knie.

Deine Größe ist die Demut.
Deine Stärke ist die Wärme.
Du bist jetzt schon unendlich.
Du hast die Zeit besiegt.

(Für Dorothea, schwerkrank)

Sonderfall

Das Wort Liebe darf nicht fallen.
Nicht laut.

Es darf schweben.
Zwischen uns,
zwischen Gefühlen
und in Gedanken.

Es wiegt sich
in Blicken,
in Berührungen,
in Bewegungen.

Es schwingt
und leitet sogar
unsere bebenden Körper,
unsere vorsichtigen Worte,
unsere zarte Behutsamkeit.

Wir dürfen es nur nicht fallen lassen.
Dann könnte es wachsen.

Tage, eintätowiert

Eine Gedankenarmee trifft zusammen,
zum Endloslauf, auch der Füße.
In zerfurchten Gesichtszügen
trägt jeder seine Brandzeichen.
Lebensverwitterung.

Unbändiges Lachen mischt sich ein.
Freude im Konzentrat.
Spaß, Wehmut,
Träume, Realitäten,
Auseinandersetzung und Schweigen –
zum Cocktail gemixt,
Wirkung unvergänglich.

Genießerstunden.
Sprechende Augen,
sehende Ohren.
Rotweingetränkte Gespräche.
Schlaflose Aufgekratztheit.

Menschsein und Nähe,
ganz pur. Ungepanscht!
Begrenzt, die Zeit,
auch wenn sie gnädig ausläuft.
Sorgfältige Sekundenbruchstücksammlung.

Gelebte Stunden bleiben,
klopft dankbar das Herz.

(Frankfurt, 21. Oktober 2005)

Tagtraum

In den angenehm in sich abgeschlossenen Raum eines Tagtraumes, der nur isolierte, ungestörte Gedanken zulässt, schlich sich eines Tages eine Art Geist, der mich unvermittelt ansprach.
Er sagte mir, ich habe nur jetzt und nur ein Mal die Möglichkeit, einen einzigen Wunsch zu äußern, der für mein Leben bestimmend sein dürfe.

Ich reagierte aufgeregt. Eine Vielzahl von wirren Gedankenwirbeln umkreiste mich gleichzeitig und ich war momentan außer Stande, diese nach irgendeinem Rang zu ordnen. Der Geist erkannte meine Not und sagte beschwichtigend: „Du hast zwar nur eine Nennung, aber du kannst dir dafür die Zeit lassen, die du brauchst. Nimm dir also deine Gedanken der Reihe nach vor. Wenn du dich entschieden hast, steht dir auch nicht nur ein Satz zur Verfügung, sondern du kannst deinen Wunsch durchaus ausführlich formulieren, wenn du willst."
Ich war erleichtert. Der Geist schien mich zu kennen und zu wissen, wie schwer es mir fällt, etwas in kurzer Form auszudrücken, was mir wirklich wichtig ist.
Ich brachte mich also zur Ruhe und dachte nach.

Was war es denn nun – dieses Eine? Was sollte ich nehmen?
„Ich will für den Rest meines Lebens glücklich sein?" – Aber was ist das? Wie soll das genau aussehen und beschrieben werden?
„Ich will „frei" sein, frei von Menschen, die mich zu sehr vereinnahmen; frei von Dingen, die den Wert meiner täglichen Zeit mindern?" – Welche sind das?

„Ich will mich mit einem Donnerschlag in einer völlig neuen Situation wieder finden, einem ganz neuen Anfang?“ – Werde ich dem Donnerschlag gewachsen sein? Wie viele „Leichen“ wird es geben – oder sollte ich mir wünschen, mich genau von diesen Fragen frei machen zu können? Wie genau sollte diese neue Situation dann aussehen? Ich muss sie ja präzisieren.
Hm ...
„Ich möchte gesund bleiben.“ – Und dann? Einfach so dahin leben, ohne womöglich wirklich mich selbst leben zu können – Hauptsache gesund?
„Ich möchte mit ganzem Herzen lieben.“ – Aber das tu ich doch schon, auf vielfältigste Weise. – Bin ich dann also schon wunschlos glücklich, ohne es mir bewusst gemacht zu haben?
Welche Probleme will ich abschaffen? Was beeinträchtigt mein Leben am meisten? – Ich darf doch nur Eines sagen ...

Der Geist schien mich wirklich zu kennen. Denn er wusste, welche Gedanken mich bestimmten und versuchte mir sogar in meinem Sinn zu helfen. „Sei vorsichtig“, meinte er, „mach es nicht zu sehr an Dingen fest, mit denen du schon leben kannst und die gar nicht wirklich so bestimmend für dich sind, wie du glaubst. Ich rate, von äußeren Bedingungen weg zu gehen, bei nur einem so entscheidenden Wunsch. Bedenke – was du bis jetzt irgendwie bewältigen konntest, damit wirst du auch in Zukunft umgehen können. Es geht nur darum, was dir unter all den Gedanken aus dem innersten Herzen heraus wächst und sich für dich als wahrer, inniger Wunsch zu erkennen gibt. Mach es unabhängig von Zeit und Raum, von Nebendarstellern oder Schauplätzen. Sei ganz still. Deine innere Stimme wird sprechen. Und dein inneres Auge wird ein Bild vor dir ent-

stehen lassen. Beides wird dann greifbar für dich und es wird dir ein Leichtes sein, es auszusprechen."
Ich lauschte dem Geist gebannt und war auch ganz still, als er wieder still war.

Dann kam es. Es warf sich aus mir heraus.
Was kümmerten mich die Probleme, die ich jeden Tag hatte? Ihre Bewältigung war längst in mir verwachsen und ich würde das schon schaffen.
Welchen Großpauschalwunsch brauchte ich schon oder welchen fokussierten, spezifizierten, der wirklich wesentlich für mein Leben war?!
Ich hatte alles aussortiert, Wunschgedanken gesiebt und gefiltert. Am Ende des Tagtraumes stand ich „leer" da, ganz pur und darauf reduziert, was zurück geblieben war, was mein Herz, meinen Geist und mein Empfinden von Glück wirklich bewegte.
Und ich hatte es gefunden.

Ich wünsche mir, dass ***du*** da bist.
Ich wünsche mir, so viel Zeit wie möglich intensiv mit dir zu verbringen.
Damit wird alle unnütz gelebte Zeit unwichtig und ich kann meine vergangenen Fehler einfach darin begraben.
Alle Umstände verblassen, wenn ich auf dich schaue.

Ich weiß nicht, ob der Geist gekommen war, weil er den Wunsch wirklich erfüllt.
Als ich ihn aussprechen wollte, erwachte ich aus meinem Tagtraum und der Geist war weg.
Aber er gab mir die Möglichkeit, meinen einzigen Wunsch zu finden.
Den, dass du da bist.

Traumgedicht

Einmal,
ach, einmal
will ich in deinem Traum sein,
wenn du schwach bist,
und du sollst „willkommen“ sagen.

Nur einmal
sollst du mich kurz stehen sehen,
so, wie ich bin,
da, wo ich gerade stehe,
und sagen „schön, dass du da bist“.

Ein einziges Mal
breite deine Arme aus
und lass mich hinein,
auch in deinen Traum,
ehe du dich wieder abwendest.

Für einen kurzen Augenblick
sieh mich an,
nur mich,
und lächle tief in meine Augen,
bevor der Traum vergeht.

Dafür gäbe ich alle Worte her,
alle Realitäten,
alle ach so wachen Tage.
Denn ich lebte dann
mit dem Moment dieses Traumes.

(Frankfurt, 21.10.05)

Versicherung

In die Narben deiner Vergangenheit,
in die Geschehnisse deiner Zukunft,
in die Dunkelheit deines Schweigens,
in den Reichtum deiner Sprache,
in die Ernsthaftigkeit deiner Gedanken,
in die Unantastbarkeit deiner Gefühle,
in den Türspalt deiner Zuneigung,
in die Zäune deiner Ablehnung,
in die Hoffnungen deiner Träume,
in die Fesseln deiner Bedingungen,
in die Weichheit deines Herzens,
in die Tiefe deines Menschseins
lege ich meine Zusage:
Ich bin da.

(14.02.07)

Wenn du gehst

Ein Traum soll dich begleiten,
wenn du gehst,
dich umfangen halten,
dir in leuchtenden und zarten Farben
noch einmal alle Geschichten erzählen;
dich mitnehmen,
mit den bunten Bildern deines Lebens,
den vor Liebe und Glück strahlenden,
und den dunkler gestreiften,
durch die Traumtür, die sich nie mehr schließt.

Eine Symphonie sollst du hören,
wenn du gehst:
ein Konzert, nie vernommen,
tief betörend und zärtlich,
wie zum Streicheln deiner Ohren.
Geliebte Lieder verschmelzen
in einem zauberhaften Rausch,
nur unterbrochen,
dir zu applaudieren.
Auf diesen Klängen sollst du reisen.

Hände sollst du spüren,
wenn du gehst,
geliebte Hände, die dich halten,
dich wiegen, liebkosen,
und gehen lassen,
wenn andere Hände
dich willkommen heißen und warm auffangen.
Lass dich führen von sanften Händen,
ergreife sie voller Vertrauen,
so, wie es dir gut tut.

Licht soll dir scheinen,
wenn du gehst,
keine Dunkelheit
deine Ängste nähren;
nur Helligkeit,
die sachte zu dir kommt,
dich nicht blendet,
sich leuchtend entfaltet,
um nie mehr zu verlöschen.
So wie dein Licht in mir.

(Für Dorothea, todkrank)

MIT LIEBE, LUST ODER SCHMERZ GESTOCHENE ODER EINGEBRANNTE MOTIVE

Das vielleicht kürzeste Liebesgedicht der Welt ...

Die

Wenn ich nicht *die* sein kann, *die* du liebst,
dann bin ich *die*, *die* dir wünscht,
dass du *die* findest, *die* dich
so lieben kann
wie ich.

Die Lust

Die Lust ist
die glückliche Mutter aller Sinne,
die ungebändigte Schwester der Fantasie,
das unterdrückte Kind der Moral.

Die Lust kommt
als liebster Gast und Freund der Welt,
als beflügelte Geliebte des Verlangens,
als größte Freiheit des Geistes.

Die Lust ist ein Geschenk,
heruntergeredet zwischen anderen Werten.
Mit dem Pulsschlag der Begierde
pocht sie kostbare Leidenschaft ins Leben.

Die Lust ganz hin geben
und sich der begegnenden ausliefern
befähigt zu lieben
und geliebt zu werden.

Einschlafgefühle

Als ich mich ins Bett legte,
waren meine Beine eiskalt,
ließen sich kaum bewegen
und die Haut musste sich erst wärmen.

Als ich an dich dachte,
wurden meine Arme ganz warm,
wollten dich umschlingen
und ich musste meine Gedanken abkühlen.

Federmagenstechen

Wenn du mit mir redest,
habe ich das Gefühl,
dass ich einfach durch die Couch rutsche,
die Schuhe dabei verliere
und deine Worte
sich vom Magen direkt in meine Brust sticheln.
Sie tätowieren den Weg zum Herzen
und liegen wie Federn im Magen.
Deshalb sei bitte nicht mehr still.
Weil ich nie satt werde.

Feld, Fluss, Liebe

Kein Land ist so gut bestellt
wie der Liebe Feld.
Keine Bedingung wächst dort,
und es hat keinen festen Ort.
Kein Unwetter kann es jemals vernichten,
die Halme werden sich wieder aufrichten.
Kein Unkraut kann es je ersticken,
denn es wird immer darüber blicken.

Kein Fluss ist wie die Liebe, so tief.
Denn in ihrem Grund liegt ihr Motiv.
Kein Strudel zieht sie fort und kein Sog,
der sie nicht zu überleben bewog.
Kein Hochwasser kann sie ertränken.
Sie hält sich und lässt sich nicht lenken.
Kein Staudamm könnte sie halten,
und kein Treibholz wird sie je spalten.

Die reichste Ernte trägt das Feld,
wenn Liebe sich an den Händen hält.
Das Flusswasser glitzert im Sonnenschein
für beglückende Liebe nur allein.
Doch Wahrhaftigkeit zeigt der Boden dann,
wenn die Liebe ohne die Sonne auskam.
Und sie strömt unbeirrt auf des Flusses Grund,
auch wenn sie sich niemals wirklich tat kund.

Gewissheit

Aus den Schleiern der Nacht,
aus den Dunstnebeln des Morgens
steigt ein neuer Tag.

Er wird ganz hell,
verjagt das schwere Dunkel aus dem Zimmer
und serviert einen Sonnenstrahl
auf den Frühstückstisch.

Die alten Kleider liegen abgestreift,
die neuen bereit.
Frische Luft schenkt sich ein,
wird eine Weile bleiben,
bis sie aufgesogen ist.

So ist es mit dir.
Eine Nacht wird dich rauben.
Aber immer wird ein Tag sein,
der dich wieder bringt.
Es geschieht uns
und soll wohl genau so sein.

Glück, Ziel und Schmerz

Ich wollte glücklich sein,
wenn du glücklich bist.
Ich wollte mit dir hoffen,
damit du die Hoffnung nicht verlierst.
Ich wollte, dass du dich nicht einsam fühlst,
das tat auch mir gut.
Ich wollte dir ganz nah sein,
um mit dir fühlen zu können.
Ich wollte sehen, dass du dich freust,
weil ich mich darüber so freuen konnte.
Ich wollte dich lieben, ohne jede Bedingung,
mit der Wahrhaftigkeit von Liebe.

Mir ist das gelungen.
Und du scheinst das alles zu haben.

Aufrichtig dankbar,

krümmt doch sich mein Herz.

Denn ich verliere dich,
bevor ich dich je haben konnte.

Herzwurzeln

Sie kommen unerwartet, völlig unvermittelt und wollen auch nicht steuerbar sein. Im Gegenteil.
Unbeeinflussbar können sie weder abgewehrt noch herbeigeführt werden.
Der so genannte menschliche Verstand kann sie wohl unterdrücken und ignorieren, aber wirklich fort schaffen kann er sie niemals.

Es beginnt mit unserer Geburt.
Bevor wir es wissen, haben Mutter und Vater in unserem Herzen schon Wurzeln geschlagen. Bis zu unserem eigenen Tod werden wir uns nicht mehr davon befreien können, dass sie in unserem Herzen leben. Selbst in den tragischen Fällen, in denen Eltern ihre Kinder im Stich lassen, bleiben deren Wurzeln auf ewig in ihnen. Im umgekehrten Falle ist es genauso. Wir können unsere Kinder ablehnen, sogar verstoßen, aber ihre Wurzeln aus unseren Herzen entfernen, das können wir nicht.

Unser ganzes Leben steht im Zeichen der Begegnung mit Menschen.
Manche verbringen unzählige Jahre mit oder neben uns – und verwurzeln sich nie. Andere haben wir nur für einen Augenblick unseres Lebens gewonnen – da haben sie ihre Wurzeln in unser Herz gepflanzt und bleiben nun für alle Zeiten.
Manchmal haben wir das Glück, dass wir sie pflegen und gedeihen lassen können, diese Wurzeln. Dann wachsen sie über uns hinaus, ragen weit aus dem Herzen und machen unser Leben als einmalige Pflanze überwältigend schön.

Der, der die Wurzeln gesetzt hat und der, der sie trägt, haben gleichermaßen unglaubliche Freude daran.
Wurzeln im Herzen bedeuten bedingungslose Liebe.
In jedem Fall. Und in welcher Form auch immer.
Denn es gibt da ja auch noch die gekappten Wurzeln.
Die, die man selbst oder der andere eines Tages einfach abgeschnitten hat. Gleichgültig, um welche Art von Beziehung es sich handelt, wir pflegen dann sinngemäß zu sagen, eine Liebe oder Zuneigung sei ge- oder vergangen ...
Das Abschneiden bereitet dem Herzen, in dem die Wurzeln stecken, große Schmerzen. Es tut ganz furchtbar weh.
Und natürlich können diese Wurzeln nicht mehr weiter wachsen, die Stummel trocknen an ihren Enden ein.
Das Unglaubliche aber ist: Diese Wurzeln sterben nicht. Sie sind tief im Herzen verwachsen und führen dort ein selbstverständliches Schattendasein. Manchen Trägern ist das nicht einmal bewusst, andere bemerken sie stets mit wechselnden innerlichen Lach- und Weingesichtern.
Ist man sich dessen bewusst, fühlt man sehr wohl, dass diese Wurzelstummel niemals abgestorben sind. Wir können sie jederzeit aufspüren, in uns aufleben lassen und wahrnehmen, dass Herzwurzeln, die sich einmal eingenistet haben, unvergänglich sind.
Je älter wir werden, desto „knorriger“ wird unser Herz. Es wird dadurch aber auch gestärkt, denn die verschieden großen und kleinen Wurzeln stecken dicht beieinander, leben aktiv oder ganz still und halten unser Herz zusammen.
Wer oder was könnte auch die Kräfte solcher über alle Lebensjahre gewachsener Wurzeln zerstören?! Sie liegen in unserem Herzen. Und das ist unantastbar.

Es wäre gut, achtsam zu sein.

Achtsam auf jeden Menschen, der sich auf irgendeine Weise in uns verwurzelt hat. Er wird nie mehr aus unserem Leben verschwinden. Er hat uns Wurzeln geschenkt, auch, wenn er längst gegangen ist, und er hat unser Leben – irgendwann, irgendwie – glücklicher gemacht, unser Herz gestärkt und uns sogar wertvoller gemacht, weil be*reich*ert.

Keine Wurzel soll missachtet sein.
Auch die nicht, mit der wir vermeintlich im Streit liegen oder rückblickend bittere Gefühle verbinden. Und erst recht nicht die, die wir vergessen wollen, weil sie uns immer noch, und immer wieder, weh tut und von der wir denken, dass sie doch nur auf ewig kahl geschnitten da steht.
Alle haben ihren festen Platz. Und – wer weiß – überleben sie unseren Körper und jede Zeitvorstellung und unsere Kenntnisform von Leben.
Ja, ich glaube, um solche Gewächse handelt es sich bei Herzwurzeln.
Ihr vitales Innenmaterial besteht einfach aus Liebe.
Dieser Stoff ist der einzige, der uns wirklich „sein" lässt, der uns beatmet, der uns Leben gibt. Wer kann oder will schon gänzlich leben, ohne je zu lieben oder geliebt zu werden?

Wenn wir die Wurzeln in uns spüren, die uns so lieb und wert sind, dann schenken sie uns einen wunderbaren Lebensreichtum und halten uns unermüdlich darin, selbst in einem Menschen Wurzeln zu hinterlassen. Und auch er wird uns immer auf irgendeine Weise in sich tragen und uns spüren können, wenn er es will.
Es ist wunderschön, Herzwurzeln zu tragen und vielleicht welche zu pflanzen.

Kein Schmerz der Welt wird mächtiger sein, als die Wurzeln eines Menschen, die wir im Herzen tragen. An jedes Wurzelgebilde, das uns ein Mensch hinterlassen hat, können wir liebevoll denken und - für welche kurze Zeit das auch gewesen sein mag - immer dankbar sein.

Dies ist meine Vision. Herzwurzeln.
Ich gehe jetzt in den Garten. Dort hole ich mir immer mal wieder gerne die anschauliche Gewissheit, dass die nachgeschnittenen Wurzeln die kräftigsten sind ... Was stehen bleibt, wird landläufig gerne als „Wurzelherzen“ bezeichnet.
Ich nenne sie Herzwurzeln.

Im Bett

In ihren lieben Arm
nahm mich ganz fest die Ruh´.
Da schloss ich meine Augen
und träumte, das warst du.

Kleines liebevolles Gedicht

Ich falle. Ich falle. Ich falle.
Sinke auf jene weiche Decke,
die mir sagt, dass du jetzt wohl glücklich bist.
Ich kann mich in diese Decke nicht wickeln
und sie wärmt mich auch nicht.
Doch wenn ich in sie atme,
sehe ich dein Gesicht.

Weil´s so schön wär´, wenn es einfach wäre ...

Liebesdrama

Ich seh zwei Seifenblasen schweben.
Sie schillern, leuchten, tanzen, beben.
Und sie berühren sich mit Küssen!
Wie dumm – dass sie jetzt platzen müssen.

Liebestod

Süß schwebte die Liebe
auf ihren Wolken,
sie lachte glückselig aus duftigem Kleid.
Die Wolken verstellten
die Sicht auf die Klarheit.
Das machte nichts, es tat uns nicht Leid.

Die Wolken verschwanden,
Lieb´ stand fest auf dem Boden.
Die Sonne nährte, der Regen verging.
Das Leben war bunt
und machte uns glauben,
alles hinge an einem goldenen Ring.

Der Tag wurde älter,
die Schatten länger.
Die Liebe wurde müde. Sie wehrte sich noch.
Ohne Kraft legte sie dann
auf den Boden sich nieder
und eine Zeit des Schlafes verstrich.

Aus unruhigem Traum
stiegen Schmerz und Abschied,
sie füllten das tiefe Abendrot.
Lass es gut sein. Fühl Frieden.
So ist es geschehen.
Als die Sonne noch sank, war die Liebe schon tot.

Mit dir

Mit dir
möchte ich in die Wiese springen
und statt der verscheuchten Vögel dort singen.
Mit dir
möchte ich mich biegen vor Lachen,
bis uns Magenkrämpfe zu schaffen machen.
Mit dir
möchte ich mal im Rotwein ertrinken
und all den verlorenen Korken nachwinken.
Mit dir
möcht ich aus dem Rahmen fallen,
auch wenn wir auf dem Boden aufknallen.
Mit dir
möchte ich die Manieren vergessen
und Spaghetti nur mit den Fingern aufessen.
Mit dir
der Marktfrau Gedichte vorlesen,
bis sie uns vertreibt, mit dem Gassenbesen.

Mit dir
möchte ich auf dem Balken schweben,
mit dem wir sonst vor dem Kopf gern leben.
Mit dir
möcht ich weinen, wenn es grade schmerzt
und aufstehn und kämpfen, immer wieder beherzt.
Mit dir
möchte Aug in Auge ich stehen
und doch dich nur mit dem Herzen ansehen.
Und schweigen
möcht ich – nicht dies eiskalte Schweigen –
sondern das, womit wir Verbundenheit zeigen.

Und dann
möcht ich mit dir statt zu reden versinken,
in grenzenlosen Lüsten ertrinken,
in unendlichen Weiten unser Fühlen verbinden,
um mich - atemlos - bei dir wieder zu finden.

Mit dir
soll das alles, was ich kann – allein –
noch einmal um ein Vielfaches schöner sein.
Mit dir
möchte ich ein Zeichen sein.

Morgen nach dir

Sanft erwachen
im Kleid eines Traumes,
noch genüsslich
unter den Lidern verschlüpft.
Und der Körper
spricht
in Zentimetern.

Das Haar
wild zerwühlt.
Lippen brennen
noch in Glut.
In den Ohren
steckt
dein heißer Atem.
Im Nachbeben strömt
Gefühltes durch den Bauch.
Wilder Rausch
liegt noch
auf den Lenden.

Du und ich
und die Nacht.
Sie zuckt noch
in sich räkelnden Schenkeln.
Puls des Morgens
in stillem Rasen.
Sein Pochen
gilt dir
und verlangt schon
nach der Nacht.

Nur schmiegen

Manchmal will ich mich nur an dich schmiegen,
mich räkelnd hin zu dir verbiegen.
Kein Rausch und keine Entrückung,
nur eine stille Verzückung.

Deinem Atem will ich zuhören,
mich an deiner Haut betören.
Dich mit allen Sinnen abtasten,
meine Hände in deinen rasten.

Spüren will ich, du bist da,
im Schlaf vielleicht, aber ganz nah.
Will dich nicht besitzen und nicht besiegen.
Ich will mich einfach an dich schmiegen.

Reisegedicht

Letzter Halt

Auf dieser ganzen langen Reise
durch mein Leben
bist du
die schönste Station.

Wo ich auch anhielt,
was ich dort auch tat,
es ist jetzt schon vergangen.
Zu dir aber
werde ich immerzu wollen.

Gleichgültig
wie oft
oder selten
und mit welcher Fahrt,
bei dir
finde ich
mich angekommen.

Schicksal

Weiches Wasser leckt sanft über Steine
und streichelt mir zart meine Beine.
Es züngelt begehrend mit berauschenden Wellen,
fließt langsam, unaufhaltsam voran.
Schaut mich an mit wasserklarem Blick.
Ich folge dem Lauf und schau nicht zurück.

Es breitet sich aus, wird ungestümer.
Nimmt mich mit sich fort, hüllt mich ein.
Ich tauche gierig in den Strudel
und mag mich nicht wehren, nein.

Wasserschauer
bestürmen mir Leib und Seele.
Ein Wildfluss.
Seine Leidenschaft reißt mich mit sich.
Beraubt meiner Sinne
will ich alles Wasser spüren.
Ich selbst
will die herrliche Gischt verführen.

Dem starken Strom bin ich erlegen.
Ich bade, ich trinke, ich versinke.
Schenke mich dem Wasser.
Und das Wasser will mich.
Ergreift mich in tosenden, bebenden Wellen,
sodass wir beinahe miteinander zerschellen.

Ich frage dich nicht, wo das Wasser hin fließt.
Ich gehe einfach mit dir.

Schwarzweiße Seele

Morgengrauen.
Der Alltag stülpt dir dein Kleid über.
Du wäschst dein Gesicht,
damit die Tagesmiene durchkommt.
Verbindlich und gewöhnlich
sprichst du mit den Nachbarn.
Gibst dich erwartungsgemäß.
Tust deine Pflichten mit Allerweltslächeln.
Fügst dich in das Bild,
das man von dir gemalt hat.
Lebst die Stunden ab,
um den Tag zu füllen.
Anstrengende Gleichtönigkeit.
Du hast nicht stattgefunden.
Am Ende bist du wie immer.

Sonnenuntergang.
Die Nacht reißt dir die Kleider vom Leib.
Aus dem Spiegel schaut ein abgeschminktes Gesicht
mit unergründlichen Augen.
Sehnsüchte flammen auf,
ungewöhnliche Begierden.
Nichts ist mehr unmöglich.
Drängend suchst du nach Befriedigung.
Bist außer dir,
keine Verbindlichkeiten mehr.
Lustvoll lebst du,
was der Tag nicht erlaubt.
Versteckst dich in dieser Nacht,
die dich offenbar macht.
Am Ende bist du ein anderer.

Solches Begehren

Unter meinen Kleidern
schreit die Haut.
Außen Stille.
Niemand weiß es.
Nur du.
Die Fingerkuppen brennen,
die Augen lodern.
Im Kopf tanzen Bilder,
atemlos.
Im freien Fall
stürzen sie in meine Mitte.
Aus ihr steigen bebende Schauer,
die sich über die Haut ergießen.
Bis sie schreit,
unter den Kleidern ...

Solches Begehren

Sonnenstrahl

Manchmal brennend,
manchmal ganz sachte
legst du dich auf meine Haut,
streichst darüber,
eroberst mich,
dringst in mich ein.

Du machst mich hell und weich und besonders.
Die Wärme, die du gibst,
strahlt auf dich zurück.
Ich leuchte auf
oder beginne zu glühen
und nehme dich tief in mir auf.

Dunkel um mich herum
wird nicht mehr wahrgenommen.
Alles was zählt ist,
wie herrlich du an mir herunter fährst,
mich mit deiner Berührung erfüllst
und mir solche Wonnen bescherst.

Ich möchte mich dir ausliefern,
mich dir ganz hingeben.
Jeden Sonnentag will ich zelebrieren.
An diesen Tagen gehöre ich nur dir,
hab nur Augen für dich
und alle Sinne strecken sich nach dir.

Welche Freude,
dass du mir scheinst
und ich dich so tief fühlen kann.
Immer wieder
werde ich dich so empfinden.
Wenn du zu mir kommst.

Du Sonnenstrahl.

Sternenklar

Du weißt,
dass ich die Sterne vom Himmel holen wollte,
um einen Traum mit Leben zu füllen.

Du willst das nicht,
weil du denkst,
sie hängen viel zu hoch.

Wir brauchen es auch gar nicht.
Wenn wir uns, nebeneinander liegend, wohlig strecken,
haben wir längst einen Stern in der Hand.

Es muss nicht mehr sein.
Seine Leuchtkraft reicht
bis zum Ende unserer Zeit.

Unvergänglich

Jeden Zentimeter
deines Körpers
habe ich erkundet.

Die Fingerkuppen
haben davon gegessen
und sind nie satt geworden.

Meine Handflächen
haben ihn eingeatmet
und nicht mehr ausgeatmet.

Deine Haut
hat mit Wärme geantwortet
und mit Leben.

Nun, da du weg bist,
bleibt jeder Zentimeter
in mir am Leben.

Verloren

Da sitz ich nun,
in meinem bisschen Nichts
und bin ein solches.
Träume waren nie festzuhalten.
Die Wahrheit ist geblieben.
Sie hat mich in der Hand.

Du aber
hast dich aufgemacht
auf deinen Wegen,
zu deinen Sternen.
Dein Leben in der Hand,
hältst du wohl Glück darin.

Aus Entfernung sehe ich dir zu,
kann ein wenig Freude spüren.
Sie hebt mich
ein kurzes Lächeln weit
aus meinem Ich.

So hat sich nur
ein bisschen Nichts
in dir verloren.

Versinken

Dich möchte ich fühlen
in der Weite eines Raumes
und mit dir tanzen
durch die Tiefe eines Traumes.
Wie das Beben einer Orgel
will ich dich spüren,
mit tosendem Schweigen
dich zartwild verführen.

Möchte tief dich berühren,
ohne dich anzufassen
und – ohne zu halten –
nicht mehr von dir lassen.

Ein bei Berühren begierliches Band
kam vor unseren Sinnen zu liegen.
Wir können es greifen wie eine Hand
und berauscht uns darin einschmiegen.

Wie schön!

(*Fast* ein Kindergedicht)

Es flog ein Vögelchen auf meine Hand,
das kam aus einem mir sehr fremden Land.
Es trug ein Gefieder, das ich noch nie sah
und doch fühlte ich mich ihm seltsam nah.
Ich hielt meine Hände ganz offen, ganz weit.
Da schenkte das Vögelchen mir seine Zeit.

Es pickte mich schmerzhaft, so ab und zu,
doch meine Hände bewahrten die Ruh´.
So bekam ich auch sein Geschnäbel, ganz zart,
mit wärmendem, leisen Gezwitscher gepaart.

Nie schloss ich die Hände, hielt es nicht fest,
weil kein Vogel sich Freiheit nehmen lässt.
Das Vögelchen ließ sich in meinem Herz nieder,
flog weit fort
und verstand
und kam immer wieder.

Windstille

Manchmal,
wenn der Wind über meine Haut streicht,
fährt ein Schauer über mich,
weil ich denke,
du bist das.

Aber der Wind kann das nicht –
er kann nicht meine Fingerkuppen berühren
und mich bis in die Zehen vibrieren lassen.

Er kann mich nicht ansehen,
während ich seinen Atem spüre,
und mir schweigend tausend Worte sagen.

Wenn aus ihm Sturm wird,
kämpfe ich gegen ihn an.
Aber bei dir halte ich still, ganz still.

Er kann meine Lippen berühren.
Nur kann er nicht küssen,
nicht liebkosen, nicht mit mir verschmelzen.

Um die Ohren kann er mir brausen,
jedoch kann er mich nicht erstürmen,
so, dass ich nur mehr fühlen und spüren will.

Er kann nicht in mich dringen.
Weil er mir gar nichts zeigen will.
Nein, ich folge nicht seinem Rhythmus.

Ich vermisse ihn nicht
und er verlässt mich nicht beglückt,
wenn er mir zum Abschied durch die Haare fährt.

Deshalb
wünsche ich mir Windstille.
Damit er mich nicht so oft erinnert.
Und weil ich warten will,
bis du mich wieder berührst.

Winterliebe

Nur als Eisblume blüht meine Liebe.
Denn sie wird von der Sonne nicht geküsst.
Und doch halten all ihre Triebe,
wenn das Fenster auch hartes Glas ist.
Mein Herz ist ein Schneeball, festgefroren,
meine Seele zum Zapfen erstarrt.
Doch meine Liebe geht niemals verloren,
weil sie lebt, warm ist, fraglos beharrt.
Sie nährt sich aus der Freude an dir,
fühlt sich deshalb auch niemals kalt.
Und kommt sie ein klein wenig zu dir,
taut die Blume und verliert fast den Halt.

Zwei Wünsche

Fortlaufen möchte ich.
Mit großen Schritten
auf dem Weg des Vergessens.
Das Weite suchen,
bis mir die Luft weg bleibt
und ich einfach liegen bleibe.
Keiner fragt mich.
Niemandem muss ich mich erklären,
noch verteidigen,
noch rechtfertigen.
Der Kraftakt quälenden Verstellens ist zu Ende.
Keiner sucht mehr nach dem Sinn.
Endlich.
Ich hab nie nach ihm gefragt.

Ich möchte nicht fortlaufen,
auf dem Weg des Vergessens.
Ihn säumen keine Gefühle.
Er kennt die Liebe nicht.

Schlusswort

Das Leben misst sich nicht in Atemzügen,

sondern in Momenten, die dir den Atem geraubt haben.

Patricia Schultz,
amerikanische Schriftstellerin